宮迫宗一郎
Illustration 灯
02
JN132349
宮狂走曲
Maze
Adventurer
エロゲ世界なのにエロそっちのけで
ひたすら最強を目指すモブ転生者
A reincarnated person
who is in the world of erotic games but does not do anything
and just aims to be the strongest adventurer.

エル
Elle
ハルベルト
Halbert
ルカ
Luka

チャーリー
Charlie
フランクリン
Franklin
カルロス
Carlos
モニカ
Monica
アーロン
Aaron

「うふふっ。楽しかったですね　ハルベルト様」
『…………』

迷宮狂走曲 2

～エロゲ世界なのにエロそっちのけでひたすら最強を目指すモブ転生者～

宮迫宗一郎

OVERLAP

Maze Rave Adventurer

A reincarnated person
who is in the world of erotic games but does not do anything sexual
and just aims to be the strongest adventurer.

02

CONTENTS

イラスト：灯

プロローグ

《裏》

ダンジョンとは、かつて邪神がこの世界を滅ぼすために創りあげた牙城である。

ダンジョンからは世界を滅ぼす尖兵《せんぺい》たるモンスターが溢《あふ》れ出し、世界は滅亡一歩手前まで追い詰められた。

そんな滅亡の危機から世界を救ったのが、人々から「勇者」と称《たた》えられた青年であり。

そして勇者を導くべく神より遣わされし「天使」である。

二人は仲間を率いてモンスターをダンジョンへと追い返し、ダンジョンに侵攻。

最奥にいる邪神を追い詰めるも、あと一歩のところで滅ぼすことは叶《かな》わず。

最終的に勇者は自らの命と引き換えに邪神をダンジョンごと封印し、世界を救ったと伝えられている。

ただ、今では勇者が施した封印も長い年月が経《た》ったことで綻びが生じており、世界は再び滅亡の危機を迎えていた。

そんな世界の危機に対処すべく、ダンジョンに潜って今度こそ邪神を倒すために生まれた職業が【冒険者】であり、冒険者およびダンジョン入口を管理するために発足したのが【冒険者ギルド】という組織で、冒険者ギルドを中心として栄えたのが【都市国家ミニアスケイジ】というわけだ。

……しかし、ダンジョンの最も浅い場所、すなわち『ダンジョン上層』が攻略し尽くされて以降、ダンジョン攻略は停滞していた。

ダンジョン上層の次の階層、中層には凶悪なモンスターたちが強固な拠点を築き上げており、中層を『制覇』することができなかったのである。

ギルドはダンジョンを制覇して前線を押し上げる方針を諦め、少数精鋭でモンスターの拠点を潜《くぐ》り抜けてひたすらダンジョンの奥へと進む方針に転換したが、それすらも結果は芳しくなく。

冒険者の中でも上位の者がなんとか中層の次の階層である下層に到達したものの、ダンジョン攻略はそこで完全に停滞してしまっていた。

そのせいで人々の間に徐々に諦観が広まりつつあり、真面目にダンジョン攻略を進める冒険者は激減、今ではただその日の糧を得るためだけにダンジョンへと潜る者が冒険者の大半を占める有様だったのだが――

「――よし、行くぞ新人」

「はい、師匠！」

「ここから先がダンジョン中層だ。今日はここでの立ち回りについて教えてやる」

「よろしくお願いします！」

現在、ギルドの施設内はかつての賑《にぎ》わいを取り戻し、昼間から酒場で飲んだくれていたような冒険者たちすらも積極的にダンジョンへと潜るようになっていた。

というのも、今から数ヶ月前、とある冒険者パーティが中層に巣食っていた凶悪なモンスターどもをその拠点諸共《もろとも》破壊し尽くし、不可能とされていたダンジョン中層の制覇を成し遂げたのである。

また、同冒険者パーティの手により、上層から中層へと進出するために突破しなければならない【門番】――いわゆる『中ボス』に当たるモンスターが再起不能に追い込まれたことで、それまで【門番】を突破できずに上層で燻《くすぶ》っていた冒険者たちも次々と中層へと活動の場を移していった。

「以前、中層について軽く説明したな？」

「はい！　ダンジョン中層は、至る所に罠《わな》が張り巡らされた危険地帯、ですよね？」

「その通り。貴様は上層を突破したことで多かれ少なかれ冒険者としての自分に自信を持っただろうが、そんな慢心はさっさと捨てろ」

とはいえ、とある冒険者曰《いわ》く『上層はチュートリアル、中層からが本番』だ。

それまで上層でしか活動してこなかった冒険者たちがいきなり中層で活動しようとするのは無謀である。

そのため、最近は中層に到達したばかりの冒険者と、もとから中層で活動していた冒険者でパーティを組むことがギルドから推奨されるようになっていた。

「ダンジョンとは人智《じんち》を超えた場所だ。長いことダンジョンに潜っていれば、理解不能な出来事に遭遇するのは一度や二度ではない。覚えておけ」

彼女らもそういった手合いだ。

先輩冒険者が、新人冒険者を教導しながらダンジョン攻略を進めていく。

近頃では中層でよく見かける光景だ。

「……もう一つ、注意しておく点がある。それは、『ダンジョン内で高笑いが聞こえたらすぐ隠れろ』ということだ」

「えーっと……どういう意味ですか？」

「ああ、実は……なにっ⁉」

……そして、近頃ではそれもよく見かける光景であった。

何かに気づいた先輩冒険者が新人冒険者を突き飛ばした直後、地面から勢いよく太い蔦《つた》のようなものが何本も伸び、先輩冒険者の全身を拘束したのだ。

「チッ、アタシもヤキが回ったか……」

「し、師匠⁉　そんな……オレを庇《かば》って……！」

「うるさい、勝手に自分のせいにするな。これはろくにダンジョンに潜らず酒場に入り浸って、冒険者としてのカンを錆《さ》びつかせてたアタシの落ち度だ」

蔦に締め付けられ、全身を襲う痛みと少しずつ減少していくＨＰに恐怖するも、それを自身の後輩に悟られないよう先輩冒険者は必死に無表情を貫いた。

「コイツは【バインドアイヴィ】って名のモンスターでな。こうして地中に潜って獲物を待ち構えてやがるんだ。で、油断したバカな獲物が近くを通りかかればどうなるかは……ま、見ての通りだ」

「そんなこと言ってる場合じゃ――」

「いいから黙って聞け。モンスターの【拘束】を解くには、大きなダメージを与えるのが手っ取り早いが……あいにく、こいつは防御力が高くてな。今の貴様では歯が立たん。だからさっさと逃げろ」

「に、逃げろって……師匠を置いていけるわけないでしょう!?」

新人冒険者が駆け寄ろうとするも、先輩冒険者の「来るな！」という一喝で足が止まる。

そうしている間に新たな蔦が地中から飛び出し、先輩冒険者の衣類を剝ぎ取った。

「……ッ！　ボサッとするな！　さっさと逃げろ！」

羞恥と怒りに頰を赤く染めながらも、先輩冒険者が弟子のために叫ぶ。

「アタシからの最後の指導だ！　アタシら冒険者の間じゃ、パーティメンバーが欠けることなんざ珍しくもなんともないんだ！　アタシのことは忘れて、誰か別の奴《やつ》に師事しろ！　わかったな！」

そう……この世界は、『とある凌辱《りょうじょく》モノのエロゲ』に酷似した世界。

死と尊厳破壊と隣合わせの世界である。

彼女らのように、先輩冒険者が後輩を庇ってモンスターの餌食になるなど、この世界ではありふれた光景でしかないのだ。

こうして冒険者がまた一人、モンスターによって繁殖の道具へと貶《おとし》められて尊厳を破壊し尽くされた挙げ句、最期は丸呑《まるの》みにされ生きたまま胃酸で身体《からだ》を溶かされ——

「ハハハハハ！　経験値！　金！　宝箱オオオオオ！」

——ることはなかった。

「……は？」

どこからともなく誰かの高笑いが聞こえたかと思うと、突然モンスターが先輩冒険者を放り出し、必死になって逃亡を始めたのだ。

「………!?　しまった！　隠れろ！」

「えっ、ちょっ——」

「いいから隠れるんだよ！」

やがて、呆然《ぼうぜん》としていた先輩冒険者が再起動を果たし、見たこともないような慌てっぷりで新人冒険者を物陰に引っ張り込んだ。

「いいか!?　何も見るな！　何も聞くな！　フリじゃないぞ！　警告したからな!?」

そんなことを言われても、新人冒険者としては何がなんだかわからない。

というより、直前まで自身が敬愛する師匠が慰み者にされるところだったのだ。

急展開すぎてついていけないのも無理はない。

新人冒険者が思考停止している間にも、どんどん誰かの高笑いが近づいてくる。

そして、ついに笑い声の主がその姿を現した。


「ハハハハハ！　当たらんよ！　その程度の【命中率】ではなあ！！」


……新人冒険者が見たもの、それは『奇妙なダンスを踊るキメラみてーな奴を中心に、死んだ目で虚空に向かって一心不乱に剣を振りながら移動する謎の集団』だった。

意味不明だがこれは何かの比喩表現ではない。

本当にそんな感じの謎集団である。

集団の中心にいるのは、頭に般若《ハンニャ》のお面みたいな兜《かぶと》を被《かぶ》り、胴体には和風の甲冑《かっちゅう》を、下半身には西洋鎧《せいようよろい》を身に着け、背中から妖精みたいな羽を生やし、腕にキッチンミトンみたいな籠手《こて》をはめた、ぶっちぎりでイカれた男である。

そんな統一感のない防具を身につけてるせいで新種のキメラモンスターみたいな見た目

になっている男が、妙にキレッキレのダンスを踊りながら、いつの間にか近くにいたモンスターどもの群れへと突撃。

まさか自殺願望者なのかと思えば、モンスターの攻撃を気持ち悪いくらいにキレッキレの動きで回避していた。

というか本当に気持ち悪い。ヌルヌルという擬音が聞こえてきそうだ。

誰がどう見ても奇人変人、紛れもない【狂人】の類であった。


「よし、全員【瀕死《ひんし》】状態になったな!?」


そんな【狂人】に従うのは、死んだ目で剣を振るい続けていた冒険者らしき一団だ。

パッと見は常識的な装備品を身に着けているが、背中からは【狂人】同様に妖精みたいな羽を生やしており、やはりどこかおかしい。

しかも彼らが虚空に向かって剣を振るっていたのは『自分のHPを削って高火力の一撃を繰り出す』というアクティブスキル――いわゆる『技』を空撃ちしていたからであった。

その結果、彼らのHPは残りわずかとなっており、少しでもモンスターから攻撃を受ければたちまちHPか0になってしまうであろう【瀕死】の状態である。

先程、先輩冒険者が徐々にHPが削れていくことに恐怖していたように、この世界では『HPの減少』＝『尊厳を破壊し尽くされてからの死』へのカウントダウンである。

そのような価値観を持つこの世界の人々にとって、自ら【瀕死】になるまでＨＰを減らすなど正気の沙汰ではない。

「よっしゃあ！　それじゃあ反撃といくぜ！」

【狂人】が号令を出した瞬間、冒険者らしき一団がモンスターに総攻撃を仕掛ける。

すると、彼らに攻撃されたモンスターどもが一撃でＨＰを全て消し飛ばされ、どんどんその数を減らしていく。

「どうだ、【死中活】の火力は！　一撃でモンスターどもが溶けていく様は爽快だろ!?」

なんと、彼らが自ら【瀕死】になるまでＨＰを減らしていたのは、『【瀕死】の際に自身のあらゆる能力《ステータス》が倍増する』というパッシブ《自動発動》スキルを発動するためだったのだ。

新人冒険者もこのスキルの存在自体は知っていたが、実際に発動しているところを見るのは初めてだ。

なにせ、この世界では種族によって程度の差はあれど、基本的に知的生命体であれば自身のＨＰが減少することを嫌う傾向にある。

少なくとも人間であればＨＰが残り８割を切っただけでも焦るし、ＨＰが半壊しようものなら恐怖のあまり半狂乱になり、残り２割を切ればどんな悪人だろうと泣いて命乞いをするレベルで、極端にＨＰが減少することを嫌うと言われている。

そのため、【死中活】などというスキルは、新人冒険者に限らず、ほぼ全ての冒険者にとって存在価値のない『ゴミスキル』という認識であったのだが……目の前の圧倒的な蹂《じゅう》躙劇《りんげき》を見ると『実は強スキルだったのでは？』と錯覚しそうになる。

ただし敵を一撃で倒せるのは相手も同じである。

彼らは【瀕死】状態なのだから当然だ。敵を少しでも討ち漏らせば即座に反撃を食らってしまい、そこからパーティが総崩れになる危険性だってある。

それを考えるとやはり【死中活】は使い物にならない。

「おおっと！　やらせはしないぜ！」

が、驚くことに【狂人】はそれに対する解決策を用意していた。

『【瀕死】の仲間を庇う』というパッシブスキルにより、唯一【瀕死】状態ではない自分が敵の攻撃を一手に引き受けることで、【瀕死】の味方への攻撃を完全にシャットダウンしてみせたのだ。

しかも、【狂人】は敵の攻撃をかなりの頻度で避《よ》けている。

その理由は、なんと【狂人】が踊っているダンスにあった。

実はこれもスキルであり、この踊りには敵の攻撃を避けやすくする、つまり【回避率】を上げる効果があるのだ。

さらに、避けきれずに敵の攻撃を受けても【狂人】はビクともしない。

これについてはキメラみたいな見た目のお陰であった。

この男、見た目は度外視で様々な防具を組み合わせることで、強力なシナジー効果を発動し、強固な防御力を実現しているのだ。

そう、彼らは傍《はた》から見ると謎の暗黒儀式を行う邪教徒の集団だが、その実、効率よくモンスターを殲滅《せんめつ》するため徹底的に無駄を削《そ》ぎ落とした、ダンジョン攻略ガチ勢なのだ。

「ひ、ヒィィィィ!?」

「……気絶したか。だから『何も見るな、何も聞くな』って言ったのに」

……ただし、いくら効率がいいからといって、そんなことを実際にやる奴がマトモであるかどうかは別の話である。

それはそうだろう。こんなもの、一歩でも間違えば全滅は免れない。

生と死の間を反復横跳びする真似《まね》をしながら、無数のモンスターどもが跋扈《ばっこ》するダンジョンを攻略するなど、ぶっちぎりでイカれてるとしか言い様がない。

「ルカ！【回復薬】の準備！俺があと五発攻撃を食らったら回復頼む！皆はあのデカブツを集中攻撃！安心しろ、今の俺たちなら確定四発だから反撃される前に倒せる！」

そんなことが可能なのは、この世界のことを知り尽くしており、

『ここまでなら絶対に死ぬことはないから安心して戦えるな！』

……などと言って謎の自信に満ちた行動することが可能な【狂人】と、

「まったく、人遣いが荒いなぁ。まっ、ボクは人間じゃないけど」

「って、あのモンスターはギルドで『姿を見たら逃げろ』って言われたヤツじゃねーか！」

「うぇっ!?　ちょっ、大将！　本当に大丈夫なんだよね!?」

「やー、まぁ大将が言うなら大丈夫なんじゃね？」

「だあぁぁぁもう！　やればいいんだろチクショ――――！」

それを信じて共に突き進むことができる、一部の物好きたちくらいのものだろう。


「……ハッ!?　あの暗黒邪教集団は!?　ていうか【バインドアイヴィ】は!?」

「おはようバカ弟子。【迷宮狂走曲】の連中ならどっか行っちまったよ。あと【バインドアイヴィ】はアイツらの最初の一撃でとっくに消し飛んでるぞ」

「め、【迷宮狂走曲】!?　じゃあ、あれが『中層の【制覇】を成し遂げた英雄だが、その実態は中層が花園から沼地に変わるレベルの毒をバラまいたり、焼き討ちを行ったぶっちぎりでヤバい奴らだ』って噂《うわさ》の……!?」

「おう。ついでに言うと、あのキメラみてーなのが【黒き狂人】ハルベルトだよ。高笑いしてたのもそいつだ」

「じ、じゃあ、さきほど『ダンジョン内で高笑いが聞こえたらすぐ隠れろ』って仰《おつしや》ってたのは……」

「つまりそういうことだ。なにせ、【狂人】は『最初は無償で助けてくれるが、油断するといつの間にか返済不可能なレベルの負債が積み上がっており、気づけばボロ雑巾みたいになるまでダンジョン攻略にコキ使われることになる』と評判だからな」

もっといえば、その実態がなんであれ、彼らが傍からは謎の暗黒儀式を行う邪教徒の集団にしか見えないのは動かしようのない事実である。

「いいっ!?　いやいや！　いくらなんでもそれは――」

「あの集団の中に金髪の男がいただろ？　あの男は【イカサマ師】アーロン。数ヶ月前までダンジョン下層で活動してた、アタシよりもさらに上位の冒険者でな」

「えっ」

「そんな上位の冒険者すら、【狂人】にボロ雑巾みてーになるまでコキ使われてんだよ。それがどういう意味か……わかるよな？」

「…………………」

「何度も言うが、ダンジョンとは人智《じんち》を超えた場所だ。長いことダンジョンに潜っていれば、理解不能な出来事に遭遇するのは一度や二度ではない。覚えておけ」

こうして、【狂人】はこの世界の人間ではあり得ない知識と価値観を以《もっ》て、今日も周囲の人々に「勘違い」を撒《ま》き散らしながら冒険者生活をエンジョイしているのだった――

第1章

《表》

いつもの時間に目を覚まし、何度か瞬《まばた》きをする。

そうすればぼやけていた視界が徐々に定まり、やがて石造りの天井がはっきりと見えた。

身体《からだ》を起こしてなんとなしに周囲を見渡せば、発光する鉱石が取り付けられた照明器具や、薪《まき》もなしに燃える暖炉といった、見慣れた自室の内装が目に映る。

現代日本ではまずお目にかかれないような内装だが、ここを『自室』と認識して寛《くつろ》げるようになったあたり、ようやく俺もこの世界での暮らしに馴染《なじ》んだんだろうと思う。


俺がかの有名な陵辱モノのエロゲ【あの深淵《ダンジョン》へと誘《いざな》う声】、通称【アヘ声】に酷似した世界に転生してから、そろそろ一年と数ヶ月が経《た》つ。

転生した直後は絶望したものだ。

なにせ、【アヘ声】はヒロインが強○されるのは当たり前。

異種○からの産○、エログロ満載のリョ○まで網羅した、かなりアレなエロゲだからな。

反面、【アヘ声】はダンジョンＲＰＧの要素も併せ持ち、そのクオリティの高さは一部のファンからは「エロはオマケ」と称されるほどだった。

かく言う俺もそんなダンジョンＲＰＧ要素にドはまりし、エロそっちのけでプレイに没頭した廃人プレイヤーの一人だった。

そんな俺が、生きるために必死こいてゲームの知識を元にモンスターどもを倒し、ダンジョン攻略を進めていくうちに……気づけばこの建物——自宅兼冒険者向けのよろず屋である【Ｈ＆Ｓ商会】のオーナーとなり。

さらには冒険者パーティのリーダーとしてメンバーを率いてダンジョンに潜る中堅冒険者となっていたんだから、人生何が起きるかわからないもんだ。


ところで、最近二つの悩みを抱えていた。

「……うーん。おはよう、主《あるじ》」

「ああ、うん。おはようルカ」

一つは、俺がいつものように抱き枕にして寝ていた、この少女の姿をした人外について。

こいつの正体は【ノーム】と呼ばれる身長10㎝くらいの小人みたいなモンスターだ。

こいつは諸事情により購入した奴隷であり、俺にとって最古参のパーティメンバーだ。

ルカと名付けたこのモンスターは、購入した当初は今とは姿が違い、鉢植えに突っ込んでおけばケガが治るような、そんなお手軽観葉植物的なモンスターだったんだが……。

なぜか、数ヶ月前にいきなり身長１５０㎝くらいの黒髪美少女になった。

自分でも何を言ってるのかわからん。こうなった理由はもっとわからん。

それはともかく、どうやらルカは俺が自分を捨ててどこかへ行ってしまうのではないかと思い込んでいる節《ふし》があり、俺から離れたがらないんだよな……。

夜中にトイレに起きたらドアの前にルカが立っていた時は心臓が止まるかと思った。

そのため、隣のルカの自室は物置部屋と化し、俺の部屋が半分ルカに占領されている状態だ。

そして現在、ルカは俺が寝ている間にベッドに潜り込んでくるようになってしまった。

まあルカは一時期不眠症に陥っていたので、それでよく眠れるというのなら添い寝もやむ無しとは思っているんだが……。

「………」

俺はベッド横のサイドボードに置いてあった身分証を手に取り、手をかざした。

すると空中に俺のステータスが表示される。

HP、減ってない。MPも問題なし。状態異常にもかかっておらず、いちおう目視でも確認してみたが、俺の身体に異常はない。

「いつも思うんだけど、どうして主は朝起きたらステータスを確認するの？」

生きたまま肥料にされてないか確認してる……などと本人に言えるわけがないので、適当に「ただの習慣だ」と誤魔化しておく。

まあ本当に習慣になってるから嘘《うそ》は言っていない。

そう。ルカは見た目こそ人間になったものの、中身はモンスターのままだ。

そしてノームというのは、人間を生き埋めにして腐敗させて養分にしてしまう超危険なモンスターなんだよな……。

まるで猫の着ぐるみを着たライオンにじゃれつかれている気分だ。

でも、どれほど精巧な猫の着ぐるみを被《かぶ》せたところでライオンは猫にならないんだよ。

いつ食われるか気が気じゃない。

いやまあ、俺はルカを購入した直後に【隷属の首輪】という奴隷に命令するためのアイテムを使い、俺に害をなさないようガチガチにルカの行動を縛っている。

ルカが俺から離れたがらないのも紛れもない本心のようだし、頭では安全だとわかっているんだが……どうにもわずかながら不安を拭いきれない。

俺の悩みというのはまさにそれだ。

俺は【アヘ声】をプレイしてた頃の知識でノームの悪辣さを嫌というほど知っている。

なにより【アヘ声】では姿が女性に近いモンスターほど危険度が高く、【アヘ声】プレイ中に何度手酷《てひど》く殺《や》られたかわかったもんじゃない。

そのトラウマもあり、俺はいまだにルカに対して完全に安心することができないでいた。

といっても、これは時間が解決してくれるのを待つしかない。

俺がルカに完全に慣れるか、ルカが俺と離れても大丈夫になるか、のどちらかだ。

ルカとはずっと一緒にいるという約束をしてしまったので、途中で放り出すことはできないからな。

　そういうわけで、ルカに関しては現状維持しかないんだが……問題は、もう一つの悩みの方にある。

「おはようございます、ハルベルト様」

「…………」

「…………」

　俺とルカの会話が終わったあたりで、ソファの方から声が掛かる。

　思わず俺とルカは同時にスンッ……と真顔になった。

　いやまあルカは常に無表情なんだが、いつものジト目がさらに細まった気がする。

「……いちおう言っておく。おはようエル」

「うふふ……挨拶を返してくださって嬉《うれ》しいです。ルカもおはようございます」

「死んでくれない？　クソ天使」

　俺とルカが視線を向けた先には、ロープでぐるぐる巻きにされてミノムシみたいになっている女性がソファの上に転がっていた。まあやったの俺だけど。

　エルと名乗るこの女性は、【アヘ声】のメインヒロインにして、勇者の伝説で語られる「勇者を導いた天使」その人だ。

　かつてエルは勇者と共に邪神と戦っていたのだが、目標を達成する前に力尽き、ダンジョン内に封印されてしまった。

それから長い年月が経ったのち、【アヘ声】の主人公がダンジョン内でエルを発見し、偶然その封印を解いてしまう……というのが、【アヘ声】のプロローグだ。

以降、エルは主人公のダンジョン攻略をサポートし、主人公がたとえどんな道を選ぼうともずっと寄り添ってくれる。

そして、主人公がどんな道を選んでも、必ず主人公を庇《かば》って死ぬ。最期まで主人公の身を案じ、主人公に愛を伝えながら幸せそうにその生を終えるシーンは、涙なしには語れない【アヘ声】屈指の名場面だった。

【アヘ声】の作者曰《いわ》く、エルは『プレイヤーの心に一生残るヒロインを目指した』とのことで、その思惑通り【アヘ声】のメインヒロインとして多くのプレイヤーにその存在を刻みつけた――


――の、だが。


エルの本名はアザエル。

【アヘ声】のストーリーにおける全ての元凶にして、クリア後に戦える真のラスボスだ。

実は【アヘ声】の中で語られている歴史は誤りであり、実のところ勇者は邪神の討伐に成功していた。

しかし邪神との戦いの中で少しずつ勇者への愛に狂っていたエルは、いつしか堕天使へと堕《お》ちてしまい、邪神が討伐された直後にその力を奪い取り、新たな邪神へと変貌した。

そして勇者を手中に収めようと襲いかかり、すでに満身創痍《まんしんそうい》だった勇者は自らの命と引き換えにアザエルをダンジョンへと封印した……。

というのが、【アヘ声】における真実の歴史だったりする。

そして、【アヘ声】のストーリーは全て、勇者の転生体である主人公を今度こそ手中に収めるために、エルが邪神の力を使って仕組んだものだったんだよな……。

まあようするに、エルは【アヘ声】に登場するキャラクターの中でもぶっちぎりの危険人物ってことだ。


で、そんなエルに俺はいつの間にやら目を付けられてしまっていたらしく、先日ついにコイツはダンジョン内で俺に接触を図ってきた。

なので俺は出会い頭にコイツが油断している隙を突いて速攻で最大火力をブチ込み、何かされる前に【戦闘不能】状態まで追い込むと、奴隷市場で最も効果の高い【隷属の首輪】をはめてもらい、今に至るというわけだ。

でまあ、エルについて何を悩んでいるのかというと……まあ、ぶっちゃけコイツどうしようか？ってことだ。

何かされる前に黙らせる必要があったとはいえ、コイツは奴隷としてとんでもなく扱いにくい存在だからな。

「うふふ……どうなさいました？　わたくしの顔に何かついておりますか？」

「……奴隷にされたってのにずいぶんと余裕そうだな、オイ」

「えぇ、わたくしはハルベルト様の忠実なる奴隷です」

「語尾にハートマークついてそうな喋《しゃべ》り方《かた》はやめてくれ。なんでそんな好感度高いんだよ」

「あなた様がそう望むのであれば」

まず、本当にエルには【隷属の首輪】が効いているのか確証がないんだよな。

相手は邪神の力を持った堕天使だ。

たかだか人間が作った奴隷用の首輪で行動を縛れるのか？　という疑問がある。

今でこそ俺の指示に大人しく従ってるように見えるが、いつ反逆してくるかわかったもんじゃないので、あまりにも酷い扱いはできない。

しかもタチが悪いことに、コイツは勇者さえ関わらなければマジで『天使』なんだよな。

慈愛の心は本物だし、人々を救いたいというのも本心。

【アへ声】では、主人公たちと過ごした日々は断じて虚像などではなく、本気で大切な思い出だとモノローグで語っていた。

これに関しては作者も『エルは嘘をつかない』と明言していた。

そんなエルがなんで【アへ声】ストーリーみたいな凶行に及んだのか。

エルはただ、どうしようもないほどに恋愛観が天使《人外》のものであり、それだけが決して人間とは相容《あいい》れなかっただけなんだよな……。

それらの事実により、エルは『プレイヤーの心に一生（傷跡として）残るヒロイン』として多くのプレイヤーたちの情緒を破壊していった。

かく言う俺もその一人であり、【アヘ声】のプレイを始めた直後はエルが最推しのキャラだったし、その後で全てを知った際にはエルに対する俺の感情はなんかもうグッチャグチャになった。そういう意味でもコイツをどう扱ったらいいのかわからない。

いっそ殺してしまえば、なんてのも無理だ。

俺は『人殺し』なんてできないし、そもそも天使は本来肉体を持たない精神だけの種族なので、殺しても肉体が死ぬだけで本体には何の影響もない。

俺は精神体に干渉する手段を持ってないので、殺しても逃げられてしまうだけだ。

「……あー……それも問題なんだよなあ……」

「クソ天使のことを言ってるなら、問題しかないと思う」

むしろ俺はこいつを守らないといけないのか。

死因とか関係なくエルに死なれた時点で俺はエルに干渉する手段を失い、こいつは野放しになってしまうわけだし。

いっそどこかに閉じ込めておきたいくらいだが、しかし目を離すと何をするかわからないので、エルには可能な限り俺の目の届く範囲にいてもらいたい。

つまり、俺はエルをダンジョンに連れて行く必要があるってことだ。

「……仕方ない。エル、とりあえず君には明日からパーティメンバーとして俺たちと一緒にダンジョンへ潜ってもらいたい。構わないか？」

結局、俺はエルをパーティメンバーとして迎えることにした。

そうなると当然エルを冒険者として育成する必要があり、つまりエルが強くなり危険度が増すということなんだが……。

かといって、弱いままダンジョンを連れ回して死なれては意味がない。ある程度は自衛してもらわないと困る。

「わたくしは奴隷なのですから、命令してくださればよろしいのに」

「できれば命令はしたくないんだよ」

「まぁっ！　わたくしを対等な立場として見てくださるのですね！　嬉しいです！」

いやまあ、最初からこっちが上だとは思ってないんだがな。

もしエルが邪神としての能力全開で襲ってきたら、今の俺ではワンターンキルされてもおかしくないし。

いま思えば、先日エルに本領発揮させず上手《うま》いこと倒せたのは奇跡に近かった。

「あなた様のお願いとあらば喜んで！　わたくし、この身が朽ちるまであなた様のために戦いますね！」

「えー……コイツもパーティに入れるの？　ボクは反対だよ」

「うふふ……そう邪険にしなくてもよいではありませんか。ハルベルト様の所有物同士、仲良くいたしましょう?」

あ、エルもルカの言葉がわかるんだな。

俺は転生者だからか、人間だと認識してる相手の言葉がわかる自動翻訳機能的なものが備わってるっぽいので、モンスターの中でもルカの言葉だけは辛うじてわかるんだが……エルはエルで何かしらのモンスターの思念波を解読する手段を持ってるらしい。

「意味がわからないなぁ……堕天したとはいえ元は天使だったクセに、モンスターであるボクと仲良くしようだって? 信用できるワケないでしょ」

「あなたはモンスターといえど、ハルベルト様の所有物です。であれば、わたくしはあなたごとハルベルト様を愛するまでです」

だからなんでそんな俺に対する好感度が高いんだよ。勇者はどうしたんだ勇者は。

俺なんか【アヘ声】のストーリーに一切関わってない、いわばただのモブキャラだぞ。

勇者の転生体の【アヘ声】主人公がいるんだから、俺に構ってないでそっちに行けよな。

まあ【アヘ声】のストーリーが始まるまであと二年くらいあるし、まだ主人公の姿は影も形もないんだけども。

「うえっ、気持ち悪いなぁ！　冗談じゃない！」

「えぇ、冗談などではありませんとも。わたくし、嘘《うそ》は吐《つ》きませんから」

「なおさらタチが悪い！」

ギャアギャアと騒ぐルカを尻目に、俺はエルの縄を解くと朝食を取るために二人を連れて食堂へと下りた。

「やー、おはよう大将。昨夜はお楽しみだったか？」

「はよっす大将！　聞いたぜ大将！　美女な奴隷を買ってきたんだって？　アンタ意外とヤルじゃねーか！」

「よぉ大将。アンタがダンジョン攻略以外にもちゃんと女に興味があると知れて俺はホッとしたぜ？」

「おはよう大将。もうすぐ朝食できるから少しだけ待っててね」

食堂の扉を開けた瞬間、俺の仲間たちがニヤニヤしながらこちらに挨拶してきた。

クソがよ、オヤジかお前らは。

「おはようチャーリー。今日も美味《うま》そうだな。それとアーロン、フランクリン、カルロスは後でシメるから逃げるなよ」

「冗談、冗談。怒るなよ。事情は聞いてるって」

ちなみに、皆にはエルのことを『ダンジョン攻略に役立ちそうだから購入した奴隷』と言ってある。

エルがダンジョンに封印されている邪神の正体だなんて言ったところで、頭のおかしな奴《やつ》だと思われるだけだからな。

それに、エルはとある固有スキルを持ってるはずなので、ダンジョン攻略に役立ちそうというのもあながち嘘じゃないしな。

「改めまして……皆様、これからよろしくお願いいたしますね。わたくしのことは、どうぞエルとお呼びください」

あと、普段エルには天使の輪や背中の翼を隠してもらい、天使であることは明かさないよう頼んである。

面倒事を避けるためにも必要な処置だ。

「（なあ、カルロスの兄貴。エルちゃんの首についてるのって【隷属の首輪】だよな）」

「（しっ！　それ以上言うな！　明らかに厄ネタだろうが！）」

「うん、おれはチャーリーだよ。よろしくねエルちゃん」

「（おら、お前もチャーリーを見習え。真実ってのは明らかにしちまえば地獄だが、見て見ぬフリをしてりゃ無害なんだよ）」

「（やー、チャーリーに関してはマジで気づいてないだけだと思うけどな）」

……うん、今のところ問題はなさそうだな！

俺はいったん色々な問題を棚上げすると、チャーリーが運んできてくれた朝食を食べつつ、エルをどのように育成するか考えることにした。

まず、奴隷の主の権限でエルのステータスを確認してみる。

レベルは1と表示されてるが……少なくとも今の姿ではその程度の能力しかないってこ

とだろう。まあコイツ第5形態まであるはずだけどな！

ともかく、レベル1ということでステータスは初期値だ。現時点で戦闘における得手不得手はない。好きなように育成できるわけだ。

といっても攻撃役は任せられない。敵に状態異常を付与したり、敵の能力を下げる、いわゆるデバフ要因にするのもなしだ。

ルカと違って本当に【隷属の首輪】の効果があるかわからない以上、変に力を持たれて反逆されても困るからな。

あと、万が一にも死なれたら困るから、防御力は高くないといけない。

となれば、普段は仲間を癒やす回復役として戦闘支援をしつつ、いざとなれば壁役になって仲間を守ることができる、いわゆる「タンクヒーラー」として育成するのがいいだろう。

現状、俺はパーティに明確な回復役を設けておらず、『俺が敵の攻撃を一手に引き受けているうちに、残りのメンバーで総攻撃して殺《ヤ》られる前に殺れ』が基本戦術だ。

どうしても戦闘中に回復が必要な時は、手が空いてるメンバーに回復アイテムによる応急処置をしてもらい、戦闘終了後に俺が効果が低い下級の回復魔術を連打して時間をかけてＨＰを全快するって感じだな。

俺は戦闘中は壁役に徹するのでＭＰを使わないから、俺が非戦闘時の回復を担当することで味方のＭＰを節約するわけだ。

が、今後ダンジョン攻略を進めれば進めるほどモンスターどもの攻撃がさらに強くなっていくし、いずれは回復役に専念するパーティメンバーが必要になってくる。

また、クズ運を引いて即死レベルの攻撃を食らったりして俺が【戦闘不能】になることもあるだろう。

そうなった時に俺が復帰するまで戦線を維持する役割がいるのといないのでは安心感がまるで違うので、サブの壁役も欲しかったところだ。

そういう意味では、エルの加入はいい機会だと思うことにしよう。

パーティの生命線である回復役や緊急時の対応という非常に重要な役割を任せてもいいのか？　と考えないわけじゃないんだが、回復に関してはいざとなったら超貴重な回復アイテムを使えばいいからな。いわゆるエリクサー的なやつ。

つまり肝心な時にエルに裏切られてもリカバリー策はある。

まあ数に限りがあるから使いたくないけどな！

緊急時の壁役に関しては、以前からパーティメンバーの皆にその重要性を訴えてはいたんだが……なぜか誰もやってくれないんだよな。

『壁役？　お前以外にできるかそんなもん！』

とかなんとかで。そんなことないと思うんだけどなあ……。

この世界ではＨＰがあるうちは痛みが軽減されるから、ガチガチに防御を固めていれば敵に攻撃されてもせいぜい静電気程度の痛みしか感じないし。

その点、エルはもともと人々を守ることを使命としていた天使だ。

本人の気質的にも喜んで壁役をやってくれるはずなので、文字通り天職だろう。

「ご馳走《ちそう》さま。今日も美味かったぞチャーリー」

考えが纏《まと》まったと同時に朝食を食べ終わったので、次は食休みしながら今日何をして過ごすか考えることにする。

今日は俺から離れたがらないルカのために休暇を取ったんだが、【ミニアスケイジ】はダンジョン攻略以外の娯楽に乏しいからな……。

ここはエロゲ世界なので、娯楽もそっち方面に振り切れてやがる。

どこに行っても動画やSNSの広告レベルでエロい店が視界の端にチラつくので、あまりにも鬱陶しくてその手の店は絶対に利用してやるものかと決めてるんだが……。

そうなるとマジでやることがないんだよな。

と、そんなことを話していた時だ。

【H&S商会】の方から来客を知らせるために取り付けてあった鈴の音が聞こえてきた。

開店時間はまだだが、どうやらお客様がやってきたようだ。

「こんにちは～。お兄ちゃ～ん、カワイイ妹がやってきましたよ～？　丁重なお出迎えを要求します！」

扉が閉まってるので聞き取りにくいが、お客様の声が微《かす》かに聞こえる。

……よし、これもいい機会だ。たまには俺も接客をしようじゃないか。

「(マズい！　誰か大将を止めろォ！)」

「(やー、大丈夫大丈夫)」

「(おいアーロン！　なにを悠長なことを言ってやがる！)」

「(前に来た客は【黒き狂人】の異名にビビって二度と来なくなったんだぜ!?)」

「(やー、今回はその心配はないぜ。いいから見てろって……くくく……)」

俺はお客様を待たせないよう入口までダッシュすると、勢いよく扉を開け放ち――


「いらっしゃいませぇぇぇぇぇ！！！」

「ピェッ！？！？！？（【黒き狂人】だあああああ!?)」


笑顔で元気よくお客様に挨拶した。

こういうのは最初が肝心なので、いつもの十割増しの笑顔でお出迎えだ。


「く、くくく……ダメだ、堪《こら》えきれねぇ！　わははははは！！！」

……すると、アーロンに爆笑されてしまった。

なんだよ、笑うことはねえだろ！

ちょっと勢い余って大きな声を出しすぎただけじゃねえか！

「た、たすけてお兄ちゃん！　カワイイ妹のピンチですよ!?　なに笑ってるんです!?」

「お前いいタイミングで登場したな！　やっぱ『持ってる』ぜお前！　わはははは！」

うーん、失敗した……お客様を萎縮させてしまったか。

やはり慣れないことはすべきじゃないか。お客様には申し訳ないことをしてしまった。

「……ん？　『お兄ちゃん』？」

なんてことを思っていたが、やってきた少女はなにやらアーロンと親しい様子だった。

「あー、笑った笑った。ま、そういうこった。こいつが俺の妹のモニカだ。ほらモニカ、まずは挨拶だぜ？」

「ピェ……モニカですぅ……」

やっぱりそうか。思った通り、彼女がウチで働きたいっていう妹さんだったらしい。

改めてモニカさんを見てみると、金髪のロングヘアーに翡翠《ひすい》の瞳を持つ、可愛《かわい》らしい少女だな。アーロン曰《いわ》く今年で17歳らしい。

ただ、全体的に丸いというか、ふくよかというか……まあ、もとがいいのでそれすらも『愛嬌《あいきょう》がある』というプラス要素に転じている。

うん、イケメンのアーロンの妹というのも頷《うなず》けるな。

……それにしても、彼女のことをどっかで見たことあるような気がするな。まあいいか、まずは自己紹介だ。

「おやおや、可愛らしい妹さんですね。改めてようこそモニカさん。私はハルベルト。お話はアーロンから聞いていますよ。長旅でお疲れでしょうから、ひとまず部屋でお休みになってください」

「（イヤァァァァァ!?　なんでかわかんないけど喋《しゃべ》り方《かた》が怖いぃぃぃぃぃぃ！　てか『話は聞いてる』ってなに!?　何を言ったのお兄ちゃんんんんん!?）」

「アーロン、部屋まで案内してあげてくれ。積もる話もあるだろ？」

「あいよー、そんじゃお言葉に甘えて。ほら、いくぞ」

長旅による疲れか顔色がよくないな。

俺はアーロンに彼女の世話を任せることにした。仕事の話は明日からでもいいだろう。

「それじゃ、今日は臨時休業だ！　歓迎会の準備をするぞ！」

「……あー、なるほど。だいたいの事情はわかったわ」

「強く生きろよ、アーロン妹……」

「歓迎会かぁ、とりあえずケーキでも焼こうか？」

俺はモニカさん（ついでにエル）のために盛大な歓迎会を開くべく、さっそく冷蔵庫の備蓄を確認しに行くのだった。

《裏》

「…………」

「わかった、わかった。悪かったって」

無言でポカポカと殴ってくる少女——モニカに対し、アーロンは悪ガキのような笑顔で誠意のこもってない謝罪をした。

それを見て無駄だと悟ったのか、モニカは振り上げた手を下ろしてジト目で兄を見る。

モニカの反応からわかる通り、以前【狂人】がルカと共にダンジョン上層でモンスターどもの巣穴を壊滅させた際、檻《おり》に囚《とら》われていた冒険者の一人がモニカである。

そうしてモニカは【狂人】に救助されたものの、あまりにも【狂人】が怖すぎて夜逃げを敢行したのだ。

それを知ったうえでアーロンは【狂人】と一緒にパーティを組んでいることをモニカに伏せていたため、彼女はいきなり【狂人】とエンカウントさせられてしまったのである。

モニカがキレるのも無理はなかった。

「……お元気そうで何よりですね、お兄ちゃん」

半分は皮肉だが、もう半分は本心だった。

妹は妹なりに、この人間不信で他人と深い関係を築くことができなかった兄を心配していたのだ。

子供の頃から家族の前でしか心からの笑顔を見せず、家から出た途端に貼り付けたような笑みを浮かべていた兄。

そんな彼が、近況を知らせる手紙に『友人たちと店をやってる』と書いてよこしたのを見て、モニカは我がことのように喜んだ。

今まで『同じパーティの奴《やつ》』とか『同僚』といった表現しか使わず、『友達』や『仲間』といった単語を使おうとしなかった兄が、初めて『友人たち』と手紙に明記したのだ。

そして、先ほどの【狂人】たちとアーロンのやりとり。人前であんなにも爆笑している兄の姿を見たのは、生まれて初めてのことかもしれなかった。

後からそれに気づいたモニカは、すでに【狂人】に抱いていた恐怖心がかなり薄れていた。

ぶっちぎりでイカれた奴だとビビり散らかしていたモニカだったが、こうして兄と二人で話している間に冷静さを取り戻したことで、【狂人】に対する評価が変わったのだ。

……とはいえ、【狂人】に対する恐怖が完全に消えたわけではないのだが。

なにせ、出会いが出会いである。

『ひ、ひぃっ……！　こ、来ないでください……！』

遡ること数ヶ月前、モニカは冒険者としてとあるパーティに所属していたのだが……。

そのパーティはダンジョン上層を攻略中にモンスターの奇襲を受け、壊滅の危機に陥った。

そしてモニカはパーティリーダーに裏切られ、囮《おとり》としてモンスターどもの群れに放り込まれてしまったのだ。

『い、痛い……！　やめっ……やめてください……っ！』

そんなモニカを、モンスターどもはわざと手を抜いてゆっくりと痛めつけた。

じわじわと減っていくＨＰにモニカは泣き叫びながら許しを請うも、モンスターどもは下卑た笑みを浮かべるばかりだった。

『お、お願いします……っ！　やめてください……っ！』

ダンジョン上層に出現するのは、一匹一匹は大したことのない低級のモンスターである。

そんな下等生物に対して地面に頭を擦《こす》りつけて懇願する様は、もはや人間の姿ではない。

モニカが抵抗する気力を失ったのを確認したモンスターどもは、モニカを巣穴へと引きずり込んだ。

そうして連れ去られた先で檻に閉じ込められたモニカは、自分よりも先にモンスターどもに捕らえられていた人々が拷問されるのをまざまざと見せつけられた。

なぜモンスターがそんなことをするのかというと、それはダンジョンの仕組みが原因だ。

ダンジョン内で死んだ生物は魔素という光の粒子のようなものに変換され、邪神の封印を解くための力としてダンジョンに吸収されてしまう。

そのため、モンスターどもは捕らえた人間を繁殖の道具として長持ちさせるため、あの手この手で心を折って自殺する気力すらも湧かないようにするのである。

『快楽堕ち』というエロゲのお約束も、この世界ではそういう理由で行われている。

『…………っ!?…………っ！！！』

そして数日後、とうとうモニカの番がやってきた。

服を引き裂かれ、今から何が行われるのかを悟ったモニカ。

絶望に歪《ゆが》んだ顔も、助けを呼ぼうにも声にならずただ喉から空気が漏れる音も、全てモンスターどもを喜ばせるだけだった。

そうしてモンスターどもの手がモニカに触れようとした時――


『カチコミだオラァ！！！』


巣穴全体が震えるような物凄《ものすご》い粉砕音が聞こえたかと思うと、巣穴の入口が爆発し、妙にテンションの高い声が巣穴中に響き渡った。

モンスターどもは慌てたようにモニカを檻の中に戻すと、巣穴の外へと出ていった。

激しい戦闘音がしばらく続き、やがてモンスターどもの気配が全くしなくなり――

『安心してください。モンスターどもは全滅させました』

『ピィ……っ!?　キ、キメラ……!?』

――ぶっちぎりでイカれた男が姿を現し、モニカはそれはもうビビった。

モンスターどもにＨＰを減らされた時以上にビビった。

『では檻を破壊しますので、少し離れていてください。【絶刀】！』

しかも、【狂人】はモニカたちを助けるため、高い火力を誇る代わりに自傷ダメージを食らう【絶刀】というアクティブスキルを使い、自身のHPを3割も消し飛ばした。

何度も言うが、この世界ではHPを減らさないよう立ち回るのが常識である。

まして、自分からHPを削るのは自殺行為もいいところだ。

なので、この世界において【絶刀】というスキルは『最後の手段』に該当する。

少なくとも気軽にブッパしていいものではない。

モニカがモンスターどもに何をされそうになったかを思えば、徒《いたずら》にHPを減らしてモンスターどもに敗北する可能性を高めることが何を意味するか、考えるまでもないだろう。

つまりモニカにとって【狂人】の行動は、『見ず知らずの人間が命を賭けるどころか自分の尊厳までもチップにして助けてくれた』に等しい。

『どうして助けてくれたの？』とか『何が目的なの？』とか思うより先に、『そこまでするか普通!?』とドン引きである。

イメージが湧かないのなら、たとえば難病にかかって余命はあとわずか、治すには膨大な治療費が必要だと宣告されたところに、初対面の人間が大金を抱えてやってきて、『治療費なら俺が出すぜ！　まあ時間がなかったから闇金から借りてきたけど、返済のアテはあるから気にすんな！』

とか言う場面を想像してみるといいだろう。

そりゃあ【狂人】が『ぶっちぎりでイカれてんなこいつ』と思われても仕方がない。

そんな奴に助けられたら、感謝よりも恐怖が先に立つ。

悩んだ末、モニカは夜逃げを選択した。

恩を返すどころか何も言わずに去ることは不義理だ、と後ろめたさを感じつつも、後で何を要求されるかわかったものではないからだ。

「そっちも元気そうでなによりだぜ、我が妹。こんなにもまんまるになりやがって、よほどニート生活が楽しかったらしいな」

「違います～！　美味《おい》しいものをたくさん食べて、傷ついた心を癒やしてたんです～！」

……そうして実家に逃げ帰ってニート生活を満喫していたら、とうとう父親にキレられて労働力として売り飛ばされそうになったため、兄に匿《かくま》ってもらおうと【ミニアスケイジ】に出戻ったわけだが、それはさておき。

出会った当初は【狂人】が何を考えているのかわからなくて逃げ出してしまったモニカだったが、今はそれを後悔していた。

兄にこれほどよい影響をもたらしてくれた人なのだから、彼はきっと悪い人ではないのだろう、と思い直したのだ。

もとよりモニカは人を信じやすい質《タチ》である。

しかも、怖がりではあるが恐怖が長続きせず、しばらくすればコロッと忘れてしまうような図太い性格の持ち主だ。

それが彼女の長所でもあり、短所でもあった。

「……でも良かった。お兄ちゃんにお友達ができて。お兄ちゃんも成長してるんですね」

「やー、モニカは想像以上に横に成長してたけどな」

「むっ、デリカシーがないのは相変わらずですか」

「俺は『デリカシーがない』んじゃなくて『遠慮がない』だけなんだ」

「【家族にこそ礼を尽くせ《親しき仲にも礼儀あり》】という言葉を知ってます？？？」

兄妹の気安いやりとりを経て、ようやくモニカの表情に笑顔が戻る。

それを見て、彼女を呼んだのは間違いなかったとアーロンは確信した。

兄は兄で、妹の性格を見越して彼女を店に招いたのだ。

いや、自分が妹の尻拭いで大変な目に遭っている間にニート生活を満喫していた妹に対して静かにキレていたから、というのもあるにはあるのだが。

おそらく、彼女に必要なのは働く切っ掛けだ。

かつて妹が冒険者をしていたのは、本気でこの世界を救うつもりだったからだ。

今ではすっかり堕落してしまったものの、それでも自分のためではなく誰かのために立ち上がれる人間なのは変わっていないとアーロンは信じている。

そのため、【狂人】への恐怖心さえ何とかすれば、あとは得意の口先で丸め込んで恩返しのために働くことを了承させるだけだ、というのがアーロンの思惑であった。

【狂人】のもとで働いた経験は今後の人生で役に立つことだろう。

この先、別の仕事に就いたとしても、『あの時の苦労に比べれば』と踏ん張れること請け合いである。

……この男、他人が妹を酷《ひど》い目に遭わせるのは我慢ならないくせに、自分が妹を酷い目に遭わせる分には一切の躊躇《ちゅうちょ》がないあたり、相変わらずイイ性格をしている。

もっとも、本人は『嘘《うそ》は言ってないぜ？　ただ、言ってないことがあるだけで』などと言い放つのだろうが。

ちなみに、【狂人】の一味になってからというもの、もとからよく回るアーロンの舌先はさらに回るようになっていた。

放っておくと明後日《あさって》の方向にカッ飛んでいく【狂人】をなんとか軌道修正させようとしてきた、彼の涙ぐましい努力の賜《たまもの》である（※修正できたとは言ってない）。

そんなアーロンに舌先三寸で言いくるめられた結果――


「では、新たな仲間の加入を祝して！」

「かんぱーい！」


あっさりと【狂人】たちに気を許し、ノリノリで乾杯に応じて幸せそうにご馳走《ちそう》を頬張るモニカの姿があった。

「ケーキおいしいです～！　これ誰が作ったんですか～？」

「あっ、嬉《うれ》しいなぁ。そいつはおれの自信作なんだ」

「すご～い！　チャーリーさんってば、見掛けによらず家庭的なんですね！」

「へへ、そうかな？　照れるなぁ」

「うーん、この一言余計な感じ……アーロンの妹なだけあるというか」

「この子豚、頭フェアリーとしか思えないんだけど。本当に役に立つの？」

　順調に逃げ道が塞がっていくのを見てニヤニヤするアーロンに、それに気づいて『出荷のために太らされる子豚』を見るような目をモニカに向けるカルロスとフランクリン。

　ルカは一歩引いた所からモニカを眺めて辛辣な評価を下し、エルは微笑《ほほえ》みを絶やさないが何を考えているかわからない。【狂人】とチャーリーだけが平常運転だった。

「――わかりました！　任せてください！　大丈夫です、私だって元冒険者ですから！　実は、私ってば大将さんよりちょっぴり冒険者として先輩なんですよ？　えっへん！」

「おお、そうだったんだな。それじゃあモニカ、これからパーティメンバーとしても頼りにさせてもらうぜ！」

　そうして宴もたけなわといった頃には、モニカはすっかり【狂人】一味に馴染《なじ》んでおり。

　調子に乗って店員になることだけでなく、冒険者に復帰して【狂人】のパーティに加入することも安請け合いしてしまった。

「や～、私にお任せあれ！　ですよ！……な～んて、今じゃ完全に大将さんにレベルとか追い越されちゃってますけどね」

「やー、それなら大丈夫だ。実は簡単にレベルを上げる方法があってな。俺たちは皆それで強くなったんだぜ？」

「そんな方法があるんですかお兄ちゃん!?　やった～！　ありがとうございます！」

「……まぁ肉壁にする分にはべつに構わないんだけどね。この子豚、意外とメンタル強そうだし。長持ちするんじゃないの？」

なんかもう可哀想《かわいそう》になってくるくらい、あっさりと『天国への特急券』と勘違いして『地獄への片道切符』を手にしてしまったモニカ。

彼女の絶叫がダンジョンに響き渡るまでのカウントダウンが始まった瞬間であった。

「よし、これでパーティメンバーが八人になったな！　今後はダンジョン攻略メンバーが六人にサポートメンバーが二人という、理想の体制が整ったわけだ！」

「じゃあここからはパーティ結成祝いだね！　おれたちのこれからの冒険に乾杯！！！」

そうして歓迎会は二次会に突入し、野郎どもが酔い潰れ、未成年であるモニカも酒ではなく雰囲気に酔って眠りこけた後。

「うふふっ。楽しかったですねハルベルト様」

「…………!?」

目を覚ますとすぐ目の前にエルの顔があったため、【狂人】は跳ね起きた。

エルに膝枕されていたこと気づいた【狂人】は、真っ先に自分のステータスを確認。

異常がないことを確認すると、エルを胡乱《うろん》な目で見た。

「ご安心ください。ただ介抱させていただいていただけですよ。ね、ルカ？」

「まぁ、ずっと見張ってたけど何もなかったよ。……クソ天使の擁護なんて癪《しゃく》だけどね」

それを聞いてそれ以上の追及はやめたものの、いまだに胡乱な目を向ける【狂人】。

事実、エルは純粋に【狂人】を介抱していただけなのだが、たったそれだけでこの疑われようである。

が、エルはそれ自体に特に思うところはなかった。

というのも、【狂人】がエルを疑うよう仕向けたのは、他ならぬエル自身だからだ。

実は、今のエルに【狂人】が思っているような力は全くない。

今のエルの肉体は、かつて天使だった頃の肉体の複製である。

エルはこの姿で勇者の転生体の前に現れ、共に冒険を繰り広げ、最期は転生体の目の前で派手に命を散らすことで、勇者の魂に何度も傷を付けているわけだ。

なので、今のエルは正真正銘レベル1であり、そのステータスは新米冒険者並みである。

以前ならば、ダンジョンに蓄えられた魔素を使うことによって【狂人】が言うところの『第二形態』として堕天使の力を振るうことは可能であったが……。

それも奴隷になったことで不可能になってしまった。

このことが【狂人】にバレれば、【狂人】がダンジョンを完全攻略するまで地下室にでも押し込められて封印（物理）されること請け合いである。

そういうわけで、エルはあえて余裕かつ意味深な態度を取り続けていたのだ。

なお、彼女は嘘がつけないので、直接問い詰められたらアウトである。

なのでそうならないよう、わりと必死だったりするのだが。


で、エルがそこまでして成したい目的は何なのかというと。

「わたくし、あなた様と仲良くなりたいだけですから」

これである。比喩表現とかではなく、マジでこれだけが目的だった。

いや、これだけ聞くとギャグでしかないが、実際はかなり深刻な問題だ。

そもそもの話、彼女は『愛を司《つかさど》る天使』だ。

かつて彼女の愛はこの世界の全人類に向けられ、その全てを『守りたい大切な存在』として愛していた。

だが、勇者と出会ったことで、彼女の愛は少しずつ人類全体から勇者という個人へと向けられるようになる。

これがどういうことかと言うと、エルの愛は全人類に向けて分散されてもなお『守りたい大切な存在』と思えるくらいには深いということであり、それほどまでに深い愛が全て個人へと向かえばどうなるか、という話だ。

しかも、勇者はそれを拒絶してエルを邪神としてダンジョンに封印してしまった。

エルの愛は行き場を失ったのだ。

現在、エルの中では人間には想像もつかないほどの激情が暴れ回っている。

唯一絶対の存在である神から課された『人々を守る』という使命すらも押し流され、もとより備えていた天使に相応《ふさわ》しい高潔な意思すらも掻《か》き消される。

自分の感情によって自我すらも塗りつぶされそうになる恐怖は、いったいどれ程のものだろうか。

それでもエルは生き続けるしかない。天使は精神体――魂のみの存在みたいなものであり、自害しても肉体が死ぬだけで本体は死にたくても死ねないのだ。

しかも、肉体に縛られる人間と天使は根本的に違う存在であるため、この世界の人間にとってその恋愛観は理解不能だ。それこそ、勇者ですらエルを拒絶したほどに。

結果、エルは文字通り『愛に狂った』。

手に入ることはないと理解しながらも勇者の魂を求め、世界を滅ぼしたくないと泣き叫びながらも世界を滅亡の危機に晒《さら》す。

エルの精神は歪《ゆが》み、やがて自分が何をしたかったのかすらも忘れ、世界に災厄を振りまくだけの存在と成り果てるだろう。

事実、マルチエンドである【アへ声】においては、とあるエンディングにてとうとうエルは限界を迎える。

そして【アへ声】主人公がダンジョンで手に入れた、天使を滅ぼすことができる武器で、かつて愛した人間の転生体の手でその生を終えるのだ。

しかもその武器を用意したのはエル自身だと作中で仄《ほの》めかされるため、救いがない。

それはこの世界においても同じだ。エルの精神は限界に近い。このままいけば、エルは【アヘ声】と同じ末路を辿《たど》ることになるだろう。

――で、そんなエルの前にノコノコ現れたのが、エル好みの善なる魂（※この世界基準）を持ち、（【アヘ声】の知識という形ではあるが）エルの存在をこれ以上ないほどにはっきりとその魂に刻みつけ、かつエルの性癖を知ってなおドン引きすれど拒絶はしなかった、【狂人】という男である。

しかも、【狂人】はプレイヤーとして【アヘ声】主人公を操作していた。

つまり【狂人】はある意味【アヘ声】主人公と同一人物とも言えるだろう。

しかも【狂人】はエルにクッソ複雑な感情を抱いているが、その感情の中に好意があるのも紛れもない事実。

そんな男にエルが興味と好意を抱いたのは、ある意味当然の帰結であった。

現時点ではエルの好感度の天秤《てんびん》はまだ勇者に傾いているものの、ぶっちゃけ【狂人】がエルを口説き落とすことができればそれだけで世界は救われるだろう。

そうでなくとも、少しでもエルの愛を勇者以外に向けさせ、拒絶することなく発散させたのは、地味に偉業である。

エルの精神が限界を迎える＝世界滅亡までの猶予が、少なからず伸びているからだ。

「今はそういうことにしておく。明日からレベル上げを始めるから、よろしく頼むぞ」

「うふふふ！　あなた様と肩を並べて戦えるなんて、嬉しいです！」

といっても、そんな背景があることを【狂人】は知らない。

【狂人】が知っているのは、あくまで『【アヘ声】におけるエル』である。

本来の歴史を逸脱したこの世界におけるエルが何を考えているかまでは知らないのだ。

ましてや、【狂人】という本来この世界に存在しないはずの存在にエルがどういう感情を抱くかなど、想像の埒外《らちがい》である。

それはエルも同様であり、【狂人】の魂に刻まれた前世の記憶については何故《なぜ》か、

『なぜかわたくしのことが刻まれている』

『わたくしに複雑な思いを抱いている』

くらいしか読み取れておらず、そもそも読心能力があるわけでもないので、今まさに【狂人】が何を考えているかはわかっていない。

「（ええ、本当に……。世界を救うために誰かと肩を並べて戦うなんて、そんな機会も資格もわたくしにはないと思っていましたから）」

「（だからなんでそんな好感度高いんだよ……こええよ……）」

そのため、【狂人】とエルの間には、ものすごい温度差があるのだった……。

第2章

《表》

「よし、とりあえず【戦士】から順に片っ端からクラスレベルをカンストさせてくか」

「待ってください、すでに何かおかしいです！」

歓迎会から二日後。俺は妙にイイ笑顔でアーロンに見送られ、ルカ、エル、モニカと共にダンジョンへ潜っていた。

目的はエルとモニカのレベル上げだ。

俺たちは現在ダンジョン下層への到達を目前に控えており、それ相応の強さなわけだが。モニカはかつてダンジョン上層を攻略中に冒険者を辞めたので、復帰後もそのくらいのレベルだし、エルも昨日パワーレベリングでさくっとモニカと同じレベルまで上げたものの、下層で通用するレベルには程遠い。

なので、ここから二人を下層でも通用するレベルまで引き上げる必要がある。

「俺たちとの戦力差を縮めるためにも、まずは全クラスをマスターしようってわけだ」

「いや、それだとまるで大将さんたちが全クラスマスターしてるみたいじゃないですか！」

「そうだが？」

「えっ」

「えっ」

クラス……まあ、他のゲームで言うところの「ジョブ」とか「職」のことだな。

レベル10になった冒険者はクラスを取得できるようになり、以降は経験値を稼いで本人のレベルを上げると同時に、熟練度を稼いでクラスレベルも上げながらダンジョン攻略に勤《いそ》しむわけだ。

で、あれから俺たちはさらに熟練度稼ぎの効率を高めることに成功し、それによって全てのクラスのレベルをカンストさせている。

「たしかにレベルを上げながらクラスレベルも並行して上げる方が効率はいいんだよ」

基本的に経験値と熟練度はモンスターどもを倒していれば同時に手に入る。

先に全クラスをカンストさせてしまうと、以降は獲得熟練度が無駄になるわけだしな。

「でもさあ、簡単に熟練度を稼げる方法があるわけじゃん」

「や～、それはお兄ちゃんからも聞いてますけど」

「じゃあカンストさせたくならない？」

「なんで？？？」

……改めて聞かれると俺も何と答えたらいいかわかんねえや。

強いて言うなら「廃人ゲーマーの性《サガ》」だろうか。

ついつい経験値とかを稼げる環境の効率化を目指したくなる、というか……。

効率化できたらできたで、ストーリーとかそっちのけでカンストするまで作業しちゃう、というか……。

「そもそも、冒険者が一生かけても、マスターできるクラスはせいぜい四つくらいが限界って聞いてますけど……？」

「うん、ボクも簡単にレベル上がりすぎじゃない？　とは思ってたけど、やっぱり主が異常なんだね」

「ええ、モニカ様のおっしゃる通りです。普通はそれが限界なのですけどね」

……なんでかエルが一瞬だけ死んだ目になったような気がしたが、まあ見間違いだろう。

それはともかく、実のところ俺も、当初は全クラスカンストはダンジョン下層のさらに奥、深層まで行かないと無理だと思ってたんだよ。

【アヘ声】では最高効率の稼ぎができるのが深層だったからな。

が、この世界は現実であり、当然ゲームとは違う点がいくつもある。

そのおかげで、ゲームでは無理だった熟練度稼ぎがこの世界では可能だったりする。

俺が発見したのも、そういったこの世界ならではの稼ぎ方だ。

「ってわけで、ボス部屋に到着だ」

勝手知ったるなんとやら。俺たちはダンジョン10階に降り立つと、慣れた手付きで巨大な扉を開いて【門番】が待ち構えるボス部屋の中へと入り、中央まで歩いていった。

すると、部屋の中央に魔法陣が出現し、派手にスパークし始めた。

「そんじゃま、号砲一発ってな！」

俺は気にせず魔法陣に歩み寄りながらとあるアクティブスキルを発動すると、俺の盾にエネルギーが集まりギュインギュインと音を出し始める。

こいつは自分の防御力をそのまま攻撃力に変換する技、【シールドアサルト】だ。

そしてそれを魔法陣の中から現れた【門番】に叩《たた》きつけると、奴《やつ》は錐《きり》揉《も》み回転しながら吹っ飛び、壁に激突して消滅した。

「ヒエッ」

「驚くのはまだ早いぜモニカ、ここからが本番だ！」

「（驚いてるんじゃなくてドン引きしてるように見えるけどなぁ）」

そしてしばらくすると、再び魔法陣がスパークし始め、新しい【門番】が出現した。

そう、俺が発見した熟練度稼ぎの方法とは、いわゆる『ボス部屋周回《マラソン》』だ。

【アヘ声】では【門番】とは一度しか戦えない。それ自体はこの世界も同様だ。

一度【門番】を倒した冒険者は、以降このボス部屋を素通りできるようになるし、なんなら中層へワープできるショートカットも開通する。

だが【アヘ声】と違ってこの世界には主人公以外の冒険者もいるわけで、【門番】は次にやってきた冒険者の行く手を阻むために何度でも復活するんだよ。

「じゃあ【門番】をワンパンできるような強い冒険者と、まだ【門番】を倒してない初心者冒険者が組めば、何度でも【門番】をワンパンできるよな！」

三度【門番】が砕け散る音をＢＧＭにしつつ、俺はモニカとエルにそう説明した。

「ここからさらに時間あたりの熟練度効率を上げる！　死体が消えるまでの時間を短縮するため、死体が残らないほどの超火力でオーバーキルだ！」

四度目はルカに各種ステータスアップのバフを掛けてもらい、威力を跳ね上げた【シールドアサルト】を【門番】にブチ込む。

【門番】はパァンと妙に軽い音を立てて砂みたいに散って消滅した。

「あとは【門番】が再出現するまでの時間を短縮するため、一度この部屋から出て即行で入り直せば――どうしたエル、モニカ？」

「(あぁ……【門番】再構築のためにまた魔素がヤスリで削られるように減っていきますね……邪神の力の封印解除が遠のきます……)」

「(や、やっぱり怖い人なんじゃないですか～～～!?)」

振り返ると、なぜかエルは遠い目をしており、モニカは白目を剝《む》いていた。

理由を聞いてみても『なんでもない』の一点張りだ。

うーん、疲れたのならちゃんと休憩を挟むから、きちんと言って欲しいんだけどな。

その後、俺たちはボス部屋を周回しつつ、ついでにボス部屋に入り直すために文字通りのマラソンも行った。

この世界では筋トレ等の運動をすると経験値が微増したり、場合によってはステータスがわずかに上昇するのも確認しているので、こういうところでも少しは稼いでおきたい。

もっとも、ダンジョンで得られる経験値やステータスの上昇に比べれば誤差の範囲レベルではあるんだけども。

まあアーロンに聞いた話だと、冒険者以外の一般人はダンジョンで稼ぐことができないので、その『誤差の範囲』が非常に重要らしいんだけどな。

……冒険者を雇ってダンジョンでパワーレベリングしたりしないんだろうか。

「そういえば、今までボス部屋周回する冒険者はいなかったのか？」

「や～、こんなの思いつくのは大将さんくらいだと思いますが……」

「仮に思いついた奴がいたとしても、ホントに実行に移すのは主くらいじゃないかな……」

「その……【門番】には二度と戦いたくないような残忍なモンスターを選んで――ではなく、残忍なモンスターばかりと聞いていますよ？」

俺でも思いついたくらいだし、とっくの昔に俺より頭のいい奴が思いついて周回してたんじゃないか？　と思うんだが……。どうやらそういうわけでもないらしい。

「【門番】は普通のモンスターとは比べ物にならないほど強いですし、そんなのを何度も相手にしてたら命がいくつあっても足りませんよ？」

モニカの言葉を聞いて、そういえば【アヘ声】だとここでも敗北Hシーンが用意されていたのを思い出した。

このボス――名前は【背信の騎士】と言うんだが、こいつに敗北した場合、ヒロインが首締めックスで首折られてからの死〇コンボを食らうんだよな。

「(ああ、何度も即死させせられたせいで【背信の騎士】が精神崩壊していますす……)」

まあ、この世界の【背信の騎士】は、周回しているうちにいつの間にか棒立ちのまま動かなくなってしまったので、残忍なモンスターってことを半ば忘れてたんだけども。

本来できないはずのボス部屋周回をしたせいでバグったか？

いやいや、そんなゲームじゃあるまいし……。

「(黒く汚れた魂の持ち主だったとはいえ、わたくしのせいでこうなったのですよね……。ですが、これで彼によって尊厳を奪われる人々はいなくなりました。もっとも、それを喜ぶ資格などわたくしにはありませんが)」

ふとエルの顔を見ると、なにやら表情をコロコロ変えている。

最初はどこか悲しげだったが、やがて何かに安堵《あんど》しているような表情になり、最後は自虐的な笑みを浮かべていた。

【アヘ声】では描写されなかったが、【背信の騎士】に何か思い入れでもあったのか？

「まあいいや。誰も思いついてないというなら、俺たちが最強になった後で他の冒険者に広めるのもいいな。そうすれば殉職者も減らせるだろうし」

「(誰も主の真似《まね》なんかしないと思う)」

そこからは完全に作業だった。

すでにノールックでも【門番】をブチのめせるくらいには周回してるので、俺はギルドで借りてきたダンジョン関連の本を片手に【背信の騎士】をワンパンし続け。

ルカは何かしらの研究資料（ゴーレムの絵が描いてあった）を読み漁《あさ》り。

最初は緊張している様子だったモニカもいつの間にかエルと雑談に花を咲かせていた。

うん、長いこと周回してると途中からは他の作業を同時進行しがちなんだよな。

まあ死と尊厳破壊と隣合わせの世界だというのに、我ながら危機感が麻痺《まひ》してるんじゃないかとは思うが……万が一【門番】から攻撃を受けても全滅しないように、きちんと保険はいくつも用意してるからな。

「ホ、ホントに全クラスをマスターしてしまいました……。たったレベル12で全クラスマスターしてる冒険者なんて前代未聞ですよ!?」

そうして数週間が経過した頃には、エルとモニカは全クラスをマスターしていた。

「や～、でもまさか私がここまで強くなれるなんて……これなら――」

「まあスキルの効果とか、クラスによるステータス補正とかって、本人のレベルに応じて変動するものばっかだし、低レベルだと宝の持ち腐れなことも多いんだけどな」

「えっ」

ということで、次は本人たちのレベルを上げる作業が待っている。

基本的に熟練度は経験値と一緒に入手できるが、『基本的に』と言った通り例外はある。

【アへ声】はボスを倒しても経験値が入らないタイプのゲームだったたし、なぜかこの世界でもそれは同様だったんだよな。

「それがわかってるならどうして先に全クラスマスターしたんですか!?」

「(うふふ……いったいどれほど封印解除から遠のいたのでしょうね……)」

趣味です……とはさすがに言えない。

廃人ゲーマーというのは、時として効率よく非効率的なことをするという矛盾を抱えた生き物なんだ。

あとこれは個人的な嗜好《しこう》だろうけど、俺は上の項目から順にカンストさせたくなるんだ。全ステータスを均等に上げていくよりも、一つずつステータスがカンストしていくのを眺めてニヤニヤしながら作業した方がモチベーションが保てるんだよな。

あとはまあ、ほら、アレだ。中にはレベル関係なく有用なスキルもあるし。

全クラスマスターしたことで、間違いなく俺たちの生存率は上がっているはずだ。

少なくとも、パーティ全員がいざとなったら本職には及ばないまでも回復魔術を使えるってだけで安心感が段違いだ。

「そういうわけで、次は経験値を稼いでいくぞ!」

釈然としない様子のモニカをどうにか言いくるめ、次はボス部屋があるダンジョン上層10階より少し浅い、8階へと向かう。

「レベル上げの方法は、ずばり【スライム狩り】だ」

「うっ、【スライム】ですか……(新米冒険者を引退に追い込んでるモンスターの筆頭ですね……私もこのモンスターにはいい思い出がありません)」

「なんだ、モニカも資金集めでお世話になったことがあるのか？　【スライム】の固有ドロップアイテムは【回復薬】だもんな」

「モンスターを薬箱扱いするのは主だけだよ」

今から乱獲するモンスター……それは異種○要素があるエロゲでは登場率ほぼ１００％と言っても過言ではない人気者、スライムだ。

某国民的ＲＰＧによって『最弱のモンスター』のイメージが定着しているスライムだが、ことエロゲ業界においては最強格のモンスターだったりする。

戦闘面においては、身体《からだ》が液体であるがゆえに物理攻撃にはめっぽう強く、身体の形状を自在に変化させて思いもよらない攻撃を仕掛けたり、獲物を体内に取り込んで窒息させたり……と、非常に厄介な特性を持っていることが多い。

エロ面では、液体状の身体を特殊な成分に変えて服だけ溶かしたり、形状を触手に変えたり、女の子を体内に取り込んで拘束したり、逆に女の子の体内に侵入したり……と、スライムだけで様々なニーズに応えることが可能な万能っぷりである。

こうしたスライムの脅威は【アヘ声】においても存分に発揮され、登場するスライム族のモンスターは対処法を間違えるとパーティに壊滅的な被害を撒《ま》き散らす存在として恐れられつつも、『いつもムスコがお世話になっております』とプレイヤーたちから頭を下げられる存在でもあった。

まあこれから狩る【スライム】は、ダンジョン上層に出てくることからわかる通り下級のスライム族なので、さすがにそこまで凶悪な能力は持っていないが……。

一つだけ、厄介な特性を持っている。

それは『物理攻撃を受けると分裂する』という特性だ。

何も考えずにプレイしていると、この時点では物理攻撃で【スライム】を分裂する前に一撃で倒せるほどの火力はなく、それまで『魔術を使うとMPを消費するし、物理で殴った方がよくね？』と【魔術士】をパーティに入れず物理でゴリ押ししてきたプレイヤーたちを絶望の淵《ふち》に叩き落としてくる。

言ってみれば、『ちゃんとバランスよくパーティを編成しないと苦労するよ』と教えてくれる、チュートリアル用のモンスターという訳だ。

「逆に言えば、わざと増殖させればいちいちモンスターを探す手間が省けるってことだ！」

まあ、ゲームに慣れたプレイヤーにとってはただのカモでしかないわけだが。

いわゆる【養殖】というヤツだな。

この手の『増殖したり仲間を呼んだりして勝手に増えるモンスター』が登場するゲームでは、こちらの攻撃力を調整すれば延々と倒し続けることが可能だ。

さらに、回復手段を用意するなりして全滅する危険性をゼロにすれば、ゲームのコントローラーの決定ボタンを押しっぱなしの状態で固定して『全自動レベル上げ！』なんてことすら可能になる。

寝ている間ずっと放置しておけば、次の日にはレベルがカンストしてるようなゲームだって存在するくらいだ。

まあ現実となったこの世界で全自動レベル上げなんてのはさすがに不可能だけど。

でもモンスターを探し歩く時間を短縮できるってだけでも、なんとなく経験値稼ぎの効率が良さそうだとわかるだろう。

「ただ、この経験値稼ぎをするためには条件があってな……」

【アヘ声】における【スライム狩り】では、とあるスキルを使う。

それは、【剣士】のクラスレベルを上げることで習得する【打ち落とし】というアクティブスキルだ。

このスキルを使うと、一ターンの間、自分に対する敵の単体物理攻撃を全て無効化しつつ反撃することができる。

ターンの概念がないこの世界では『発動してから10秒間』だな。

無効化しつつ反撃、と聞くとチート級のスキルのように思えるが、当然ながらそんなうまい話はない。

戦闘バランスが崩壊するほどのぶっ壊れスキルが存在するゲームだったら、【アヘ声】は『RPG部分のクオリティが高い』と評価されていないからな。

まず、このスキルは『技量』のステータスが重要になる。

自分の技量が相手の技量を下回っていると自動的に失敗してしまい、さらに技量の差が大きいほど成功率が上がる仕様になっているため、確実に発動させるためには相手の技量を大きく上回らないといけない。

　しかも苦労して成功率を上げたところで、このスキルは説明文にある通り『物理攻撃』かつ『自分に対する単体攻撃』にしか効果がない。

　つまりこのスキルで無双するためには、

『相手の技量を大きく上回り』

『敵の範囲攻撃や物理以外の攻撃を封じて』

『敵の攻撃が自分に集中するようにする』

　という非常に面倒な手順を踏む必要があるんだよな。

　ダンジョンを進むにつれて敵の攻撃は多彩になっていくし、しかも一部のボスは技量が変態染みた高さに設定されているので、実質【打ち落とし】無効だったりする。

　よって、このスキルさえあれば無敵という訳では決してない。

　むしろ【打ち落とし】を活《い》かせる機会はそう多くないくらいだ。

　だがそれは、逆に言えば特定の条件下では無類の強さを発揮するということでもある。

　具体的には、技量のステータスがクッソ低くて、かつ通常攻撃しかしてこないモンスターと戦う時とかな。

「そのモンスターこそが【スライム】ってわけだ」

　今の俺の技量なら、【打ち落とし】の発動率は１００％だからな。

　まあ俺も最初は『現実の世界で成功率１００％とかあるわけないだろ』と思っていたん

だが、この世界では『ステータスは絶対』らしいんだよな。

なんでも、自らを超える生物が生まれてしまわないように、神様が全ての生物の能力を数値化してしまった、とかなんとか……。

そんな設定は【アヘ声】には登場しなかったから詳しくは知らないけど、この世界において『ステータスは絶対』は常識として定着してるらしく、事実その通りになっているのは確認済みだ。

というか、そのおかげで前世では剣なんて握ったことすらなかった俺でもこうして戦えてる訳だし。

まあ、逆に言えば、

『敵の攻撃を受けて倒れた奴《やつ》が仲間の声援を受けて立ち上がる』

『仲間がやられた怒りで新しい能力に覚醒する』

みたいなことは絶対にないってことでもあるんだがな。

HPが0になったら蘇生《そせい》用のアイテムを使うとかしないとずっと戦闘不能のままだし、スキルを習得するにはレベルアップといった特定の条件を満たさないと絶対に不可能だ。

「っと、すまん。話が逸《そ》れた。で、今から行くのはダンジョン8階にある、宝箱を開けたら【スライム】が大量に湧いてくる罠部屋《わなべや》なんだが……そこを利用するにあたって、一つ問題があってな」

「(や〜、罠部屋にわざと突っ込むだけでも十分すぎるくらい問題では?)」

その問題というのは、【スライム】をわざと大量に増殖させる都合上、味方を守りきれない可能性があるってことだ。

現在、俺は『後衛の味方を庇《かば》う』効果の【バンガード】と、『庇う系スキルの発動率を上げる』効果の【ナイトプライド】という二つのパッシブスキルを併用する方法、通称【バトライド】で壁役をやってるんだが……。

この方法だと実は味方を庇える確率が１００％にならないんだよな。

今までは真っ先に敵に突撃したり、敵を挑発したり、そういうスキルによらないところで味方に被害を出さないようにしてきたけど、大量の敵と戦う場合はさすがに不安が残る。

「そこで、これからは通称【湿布】という方法に切り替えたいんだ」

「【湿布】？　何ですかそれ？」

「【ナイトシップ】を利用する方法だから【湿布】。つまり『瀕死《ひんし》の仲間を庇う』パッシブスキルを常時発動させるため、味方全員を【瀕死】状態にすることだよ」

「…………？？？」

【湿布】は【バトライド】と違って発動率を１００％にできるうえ、『【瀕死】状態の時にステータスを倍加させる』効果のある【死中活】というパッシブスキルとの相性が抜群だ。

味方全員に【死中活】を覚えさせた時の爽快感は素晴らしく、【アヘ声】において【湿布】は定番の戦術だった。

「そういうわけで、いい機会だから今後は【湿布】を解禁したいと思うんだ」

「は、はいいいいいい!?」

……が、なぜかモニカは必死な様子でブンブンと首を横に振るばかりだった。

うーん、何で皆そんなに【湿布】を嫌がるんだろうか。

以前アーロンたちに提案した時も大不評だったんだよな。

「ほら、皆も【七星剣】(※命中率は低いが、当たればHPの7割を一気に消し飛ばすアクティブスキル)を覚えてるだろ? それを自分にキメちまえば簡単に【瀕死】状態になれるからさ」

「い、いやいやいやいやいや!? そんなことしたら死んじゃいますよ!?」

「いや、むしろ死なないためにやるんだけど……」

まあ【七星剣】を自分に撃つのは痛いけど、それも一瞬だけだし。

注射か何かと思えばいい。それに、慣れれば静電気程度にしか感じなくなるからさ。

「無理! 無理ですって! ね、ルカさん、エルさんもそう思いますよね!?」

「ボクはもう主の無茶振りには慣れたよ……」

「えっと……その、申し訳ないのですが、わたくしの時代では【瀕死】状態で戦うなんてことは日常茶飯事でしたから……」

「ぴぇっ!? う、嘘《うそ》でしょ!? まさかのアウェーですか!?」

その後、俺が誠心誠意説得すると、ようやくモニカは【湿布】の採用に同意してくれた。

もっとも、【七星剣】で自傷するのは却下されてしまい、妥協案としてHPを消費して高火力の攻撃を放つ【絶刀】というアクティブスキルのスリップダメージでHPを減らすことになったけど。

スリップダメージなら痛みがないからってことらしい。

そんなに痛がることないと思うんだけどなあ……。

いや、でも、モニカとアーロンの実家は豪商なんだっけ？

つまりモニカはいいところのお嬢さんなわけか。

両親から大切に育てられたから、子供の頃から怪我《けが》をすることがほとんどなくて、あまり痛みに耐性がないのかもしれない。

「ひぃん……HPがガンガンなくなっていきます……」

「大丈夫大丈夫、敵の攻撃は全部俺が受け止めるからさ」

「ホントですよね!?　ウソじゃないですよね!?　大将さんを信じますからね!?」

うん、本当に大丈夫だから安心してほしい。

それに、いざとなったら【戦闘不能】になるようなダメージを食らっても残りHP1で耐える【食いしばり】のパッシブスキルだってあるからな！

さて、モニカたちがHPを削ってる間、俺も準備をしておこうかな。

万が一に備え、【ミラージュステップ】というアクティブスキルで回避率を上げるダンスを踊るとしよう。

「……変なステップを踏む大将さんを中心に、虚空に向かって剣を振る女性が三人……」

「わたくしが言えた義理ではないかもしれませんが、まるで邪教徒の暗黒儀式ですね……」

「この中にホントに堕天使がいるから、わりとシャレになってない気がするなぁ……」

こらルカ、エルの正体を口にするんじゃない。

まあルカの声はモニカには聞こえてないんだけどさ。

「ともかく、全員準備完了だな」

それじゃあさっそくレベリングといこうじゃないか！

俺たちは8階の端にある小部屋まで移動すると、部屋の中央にポツンと置いてある宝箱を無造作に開けた。

すると部屋中にアラート音が鳴り響き、ゴツゴツとした岩の壁の隙間からヌルリと五体の【スライム】が現れた。

【アヘ声】をプレイしてた時から思ってたが、なんというか溶けたバランスボールみたいな奴らだなあ。

「【打ち落とし】！」

さっそく飛び掛かってきた【スライム】を剣で叩《たた》き落とし、返す刀で斬りつける。

まあ今の俺の武器は倉庫から引っ張り出してきた弱い剣なので、当然【スライム】を倒すには至らない。

まるで金属バットでゴムボールを殴ったような感触がしたかと思うと、【スライム】はベチャリと地面に着地（？）してまだまだ元気そうな様子を見せた。

「よし、ちゃんと分裂したな」

そして【スライム】が身体《からだ》をプルプルと震わせたかと思うと、真ん中からズルリと裂けて二匹に分裂した。

「いいぞお！　もっと増えろ！　そして経験値をよこせ！」

「ピィッ!?（む、無理無理無理！　やっぱり怖いものは怖いですよ～！）」

そうして何度も分裂させているうちに周囲が【スライム】だらけになったが、俺は味方の周囲を高速で動き回りながら四方八方から襲ってくる【スライム】を弾《はじ》き返していく。

やがて、何度も【打ち落とし】を食らわせていくうちに耐えきれなくなった【スライム】が次々と水風船のように爆《は》ぜ、経験値に変わっていった。

【スライム】は序盤のモンスターなので一匹から得られる経験値は少ないが、塵《ちり》も積もれば山となる。

こうして数をこなせば馬鹿にならない経験値を獲得できるってわけだ。

「おらっ！　もっと経験値をよこせ！……あれ？」

なんか、心なしか分裂させる度にスライムが小さくなっているような……。

「あっ、死んだ」

分裂した直後、【スライム】の身体が収縮したかと思うと、まだ何もしてないのにバシャリと弾けて水溜《みずた》まりになってしまった。

周囲の【スライム】どもにも同じ現象が起こり、次々に水溜まりと化していく。

よく見ると、身体の中に見えていた球体状のコア……『心臓に相当する部位』が指一本触れてないはずなのに崩れてしまっていた。

たぶんだけど、分裂の限界がきて自壊してしまったっぽいな。

うーん……想定はしていたが、やはりゲームと同じように全自動レベル上げボタン押しっぱで放置とはいかないか。

こういうところがゲームとは違う、現実世界の弊害だな。

まあ、定期的に休憩を取るつもりではいたから別に構わないけどな。

いくら中層を突破して新人冒険者を脱しただろう俺でも、さすがに何時間もぶっ通しで戦うのは疲れる。

「それに、他にもスライムはいっぱいいるしな！」

そう言って再び宝箱を開けば、また新しい【スライム】が部屋の中に補充される。

あとは先程と同じことの繰り返しだ。

「【打ち落とし】！　【打ち落とし】！　【打ち落とし】ィ！　経験値フィーバーだぜ！」

「(ピィ!?　む、むごい……！)」

「(ああっ、また魔素が減っていきます……！)」

「うわっ、いきなり白目剝《む》いてなんなのこいつら？」

途中からはさらに効率を上げるため、ルカに宝箱をパカパカしてもらいつつ、俺は延々と【スライム】どもを倒しまくったのだった。

《裏》

「…………」

「痛い痛い。やー、無言の肩パンはやめろって……くくく……」

肩を震わせながら妹を出迎えた兄に、モニカは激怒した。

必ず、かの邪智《じゃち》暴虐《ぼうぎゃく》の兄を張り倒さなければならぬと決意した。

モニカには頭のいい人の考えがわからぬ。モニカは商家のニートである。

秘蔵本を読み耽《ふけ》り、美味《おい》しいものを食べて遊んで暮らしてきた。けれども邪悪に対しては人一倍に敏感であった。

「で？　この数週間でどれだけ強くなったんだ？」

「…………全クラスマスターして、レベルは20まで上がりました。その間、たしかに私は戦ったりしませんでしたよ」

「な？　簡単にレベルが上がっただろ？」

「〜〜〜ッ！　肉体的には楽でも！　精神に多大な負荷がかかるんですよ〜〜〜ッ！！！」

「わははははは！！！」

ついに怒りを爆発させたモニカが、両腕をグルグル回しながらアーロンを叩こうとする。

が、あっさりと避けられてしまい、モニカの逆襲はアーロンを爆笑させただけであった。

もっとも、モニカは短期間で急激にステータスが上がったがゆえに力加減が上手《うま》くないので、当たればアーロンは悶絶《もんぜつ》していただろうが。

「笑い事じゃないんですよ！　可愛《かわい》い妹がヒドイ目に遭ってるのに〜！」

確かにモニカは砂の城みたいなメンタルの持ち主である。

ちょっと触っただけで簡単に崩れてしまうが、バケツに砂を詰めてひっくり返すだけで簡単に再建できてしまうが如《ごと》きお手軽メンタルだ。

しかし、だからと言って好き好んでメンタルブレイクしたい訳ではないのである。

「まーまー。でも、ちゃんと大将はお前を守ってくれただろ？」

「それは……そうですけど……」

【狂人】はどれほど信じがたいようなことでも全て有言実行してみせた。

ここ数週間で何度も戦闘を繰り返したが、結局モニカは一度も【絶刀】によるスリップダメージ以外でＨＰが減ることはなかったのである。

しかも、冒険者が何年も掛けてようやくたどり着けるような、上位の冒険者並みの強さにあっさりと到達してしまったし、【狂人】から貸し出される装備品は上位の冒険者のそれに引けを取らない。

また、減ったＨＰもダンジョンを出た直後に全快させてくれるし、報酬だってちゃんと支払われるし、なんなら場合によっては手当てだってつく。

何だかんだできちんと体調面や精神面を気遣ってもらえるのも悪い気はしない。

ダンジョンに入る度に【瀕死《ひんし》】になるのを強要されるのと、【狂人】が戦う姿が控えめに言って精神的ブラクラであること以外、不満らしい不満が思いつかないのだ。

「でも、その二つの不満で良いとこが全部帳消しなんですよ〜〜〜！！！」

「くくく……あー、腹いてぇ……」

毎回【瀕死】にさせられることについてはもはや言うまでもない。

しかしそれ以外にも、モニカ自身というよりこの世界の人間にとって、【狂人】の戦う姿は控えめに言ってぶっちぎりでイカれていたのだ。

モニカがこの数週間で延々と見せられたもの、それは無言で【スライム】を虐殺する男の姿だった。

最初こそ【狂人】は、高笑いしながら楽しそうに【スライム】を虐殺していた（それはそれで恐ろしいが）。

しかし後半になるにつれて【狂人】の口数が減っていき、最後の方はまるで流れ作業のように黙々と【スライム】を虐殺していたのだ。

黒い瞳には何の感情も浮かんでおらず、まるで全てを呑《の》み込む闇のよう。そんな目で淡々と【スライム】を返り討ちにし続ける姿は、家畜の殺処分を想起させた。

さらに【狂人】が虐殺しているのはあの【スライム】だ。

毎年、何人もの新米冒険者が行方不明になる原因である。奇跡的に生還した者もいるに

はいるが、発見された時にはすでに体内に侵入した【スライム】によって内側から破壊し尽くされており、身も心も二度と元に戻らなかった……という逸話まで存在する、とても恐ろしいモンスターなのである。

目の前で仲間がスライムに呑み込まれていくのを見てしまい、それがトラウマになって冒険者を辞めた、なんてのは、この世界ではありふれた話であった。

そんな恐ろしいモンスターが、それよりもさらに恐ろしいぶっちぎりでイカれた男に一方的に虐殺される様子は、モニカには少々刺激が強すぎたのだった。

なお、【狂人】本人はレベリングの途中からさらなる効率を求めて無我の境地に達していただけなのだが、そんなことはモニカにはわからない。

ダンジョン上層は岩の洞窟なので薄暗く、そのせいで【狂人】の顔に影がかかっていることもあり、端から見ると完全にホラーである。

それに加え、【スライム】の虐殺に使われたスキルが【打ち落とし】であるという事実も、モニカを恐怖させた。

というのも、この世界において【打ち落とし】は何の役にも立たない地雷スキルとして知られているからだ。

ＲＰＧをよくやる人であれば、なにやら強そうな技を覚えたので意気揚々と使ってみれば、全くの役立たずで、

『は？　ふざけんな！　二度と使うかこんなゴミ！』

となってしまい、存在を忘れたままゲームをクリアした経験はないだろうか？

この世界の人間にとって【打ち落とし】はまさにそれだ。

敵の攻撃を無効化するという説明に踊らされて使ってみれば、何の役にも立たず敵の攻撃を受けてしまい、そのまま苗床エンドを迎えた人間は少なくない。

そもそもの話、どれほど技量のステータスが高ければ【打ち落とし】が成功するのか、それすらもこの世界では周知されていないのだ。

検証した奴《やつ》の一人や二人いただろうと思うかもしれないが、そもそも【狂人】が持つ前世の知識とて、セーブ&ロードの繰り返し、すなわち『何人もの主人公の犠牲』によって成り立っている。

現実となったこのエロゲ世界で命どころか尊厳までも懸けてスキルの効果を検証するような奴がいるはずもなく、いたとしても、それは『求道者』と呼ばれる人種だ。

他人に自分の知識を教えることのない世捨て人か、もしくは秘伝の技として知識を独占する奴のどちらかだろう。

なので冒険者の間では【打ち落とし】はゴミスキルだという見解が大半を占めるのである。

なにより、【打ち落とし】でモンスターを倒すことにこだわる必要は皆無である。

敵の攻撃は良い防具で全身をガチガチに固めて防げばいいだけの話であるし、攻撃するにしたって他に良いスキルがたくさんある。

なのでこの世界の人間にしてみれば、【狂人】の行動は、

『ゴミスキルを使って敵を倒せるレベルにまでなった強者が』

『他にもっといいスキルがあるのにわざわざゴミスキルを使って殺すことで』

『【スライム】に屈辱的な死を味わわせている』

ようにしか見えず、それが余計に恐怖を掻《か》き立てるのだ。

「だから笑い事じゃないんですよ～！」

「わはははは！」

「お兄ちゃんのバカバカ！　この鬼《オーガ》！　悪魔《デビル》！　えーと……このバカ！」

「罵倒のレパートリーそれだけかよ。相変わらずお行儀がいいな、我が妹よ」

……とはいえ、そんな恐怖を何度も味わっても一日経《た》てばもうケロッとしているあたり、この少女も大概である。

なお、その弱いんだか強いんだかよくわからない精神は、アーロンから『形状記憶メンタル』呼ばわりされており、パーティメンバーの中にも徐々に広まっている。

それを知らないのは本人だけであった。

「むむむ……！」

「やー、悪い悪い。謝るからそう拗《す》ねるなよ」

ぷくーっと頬を膨らませたモニカに『それ以上顔が丸くなったら本当に豚になるぜ』と言いそうになるのを堪《こら》え、アーロンは平謝りした。

このへんでからかうのをやめておかないと、本気で拗ねてしまってしばらく口をきいてもらえなくなる。今までの経験上、アーロンはそのあたりの引き際を弁《わきま》えているのだ。

相変わらずイイ性格をした男である。

「で？　今後はダンジョン中層でレベル上げしつつ、習得したスキルの慣らし運転か？」

「そうですね。大将さん曰《いわ》く、私の役割は『杖《つえ》を【二刀流】して【死中活】発動しながら超火力の魔術で敵をなぎ払う』ことだそうです」

「ということは、これからは【魔術士】としてやっていくのか。ようやくウチのパーティにも魔術主体で戦う奴が誕生したんだな」

「むしろよく今まで【魔術士】抜きでやってこられましたね？　物理攻撃が効かないモンスターとかどうしてたんですか？」

「アイテムで代用するか、即死攻撃によって問答無用で首をハネ飛ばしてたな」

「うわ～……大将さん、何を食べたらそんなこと思いつくようになるんでしょうね」

「やー、俺たちも毎日同じもの食ってるだろ」

「えっ。じゃあそのうち私たちもああなるんです？？？」

「……すまん。冗談のつもりだったが、よく考えたら怖くなってきた。この話はやめるか」

仲良く談笑していた兄妹であったが、【狂人】のことを話しているうちにスンッと真顔になった。完全に【狂人】の扱いが宇宙人か何かに対するそれである。

彼らは【狂人】を『よくわからないがなんかそういうの』として扱うことにしたらしい。

……理解するのを諦めたともいう。

まぁ理解しようとしたらきっと頭がおかしくなるので、アーロンのように遠くから眺めて楽しむのが正解なのだろうが。


もっとも、そもそも関わらないのが最適解であるのは言うまでもない。


「大将のことはさておき、他のメンツとはどうだ？　仲良くやってるか？」

「……え～っと、まあ、はい……」

歯切れの悪い返答をしつつ、モニカは一緒にレベル上げをしている二人のことを頭に思い浮かべた。

『顔色が優れませんが、大丈夫ですか？』

『あっ、はい。なんとか……』

『気分が悪くなったらすぐに言ってくださいね？』

『ハハハハハ！　経験値！　金！　宝箱！』

『……その、あの状態のハルベルト様には、少し言い出しにくいでしょう？　それに、回復役を任されたわたくしから進言すれば、角も立ちにくいでしょうから』

『（い、良い人だ……！）』

まず、エルとモニカの関係はとても良好だ。

片や人々のために世界を救おうとしていた冒険者であり、片や人々のために世界を救おうとしていた天使である。

その後いろんな意味で『堕落』したのも同じだ。

存外に共通点が多い二人が仲良くなるのに、そう時間はかからなかった。

また、モニカとアーロンは裕福な家庭の生まれであり、農村の出身であるカルロスたちよりも教養がある。

おかげで、かつて勇者と共に世界を救った天使の容姿が『純白』と表現されていたこと、そしてこの世界には純白の髪の人種が存在しないことを知っていた。

そのため、【狂人】のパーティメンバーの中でもモニカとアーロンだけは、エルが伝説の天使であることに薄々気がついていた。

そういう事情もあって、モニカはエルに憧れの感情を抱いており、それがエルに対するモニカの『好感度上昇』に一役買っていた。


『あの～……よ、よろしくお願いしますねルカさん』

『…………』

『え、え～と……が、頑張りましょうね！』

『……………』

問題はルカの方だ。

モンスターは一部の例外を除いて発声器官を持たず、思念波で同族と会話する生物だ。

モンスターは人間を騙して餌にするため人間の言語を理解できるが、人間はモンスターの言語を理解できないのである。

それは見た目だけは人間となったルカも同じだ。

【狂人】パーティの中でルカと会話できるのは、自身が『ヒト』であると認識した相手に対し自動翻訳機能のようなものが働く【狂人】か、モンスターどもの造物主たる邪神の力を持つエルのみだ。

それだけなら身振り手振りで意思を伝えることもできるだろうが、ルカはモンスター的な価値観から少しは抜け出したものの、まだまだ人間に対して辛辣だ。

これでも人間を餌として見なくなっただけ他のモンスターどもよりマシになったのだが、ルカはモニカと積極的にコミュニケーションをする気がないようだった。

「……ま～、なんとかなりますよね！」

とはいえ、モニカはルカを『ただの無口で取っつきにくい同い年くらいの少女』だと思っているため、ルカと仲良くなれるまでめげずに話しかけるつもりであった。

その度にルカからは鬱陶しがられるだろうが、モニカはそのことに気づかないし、気づいたとしても一日経ったら嫌なことをケロッと忘れてしまう形状記憶メンタルである。

そのうちルカが根負けして、相槌《あいづち》くらいは打つようになる……かもしれない。

こうして、モニカはなんだかんだで【狂人】パーティとの仲を深めていくのだった……。

「よし、これからはパーティ全体で【湿布】を採用するか！」

「えっ」

……なお、モニカのことを笑っていたアーロンであるが、『明日は我が身』であったことは言うまでもない。

第3章

《裏》

「——今だ！　アリシア！　カイン！」

「任せろ、リーダー！」

「一気に決めるわ！」

【騎士】の少年、【魔術士】の少年、【狩人《かりゅうど》】の少女改め、レオン、カイン、アリシアの三人は、今日もダンジョン中層にてレベリングを行っていた。

彼らの間に余計な言葉は不要であり、言葉数は少なくとも意思の疎通に問題はない。

幼い頃から共に暮らしてきたがゆえの抜群のチームワークをもってして、モンスターどもをなぎ倒していく。

「やったな！　この調子でいこうぜ！」

「あまり調子に乗りすぎるんじゃないぞ、リーダー。こういう時こそ気を引き締めろ」

「そういうカインこそ嬉《うれ》しそうにしてるじゃない」

「……ふん。攻略が順調であること自体は歓迎すべきことだからな」

彼らはこの団結力と……そして、最近『とある冒険者』を参考にした戦術を採用することで、三人という少人数パーティでありながらも中層まで到達することができたのである。

その戦術とは、レオンが敵からの攻撃を全て引き受け、カインが魔術による攻撃と補助、アリシアが罠《わな》の解除と武器による攻撃を担う、といった『スペシャリストによる戦闘中の完全なる役割分担』だ。

この戦術は彼らにとって目から鱗《うろこ》であった。

このやり方ならば、理論上はダンジョン攻略をさらに早めることができるのだ。

たとえば、次の階の敵を倒すのに、どれか一つのステータスを10ほど上げる必要があり、かつレベルが1上がるごとに任意のステータスを1上げられるとする。

その場合、一つのステータスを重点的に上げればレベルを10上げるだけでいいが、複数のステータスを満遍なく上げるとその何倍ものレベル上げが必要になるのは、なんとなく理解できるだろう。

「(……しかし、皮肉なものだな。【正道】を貫き通す【英雄】殿よりも、我が道を征《ゆ》く【外道】たる『かの御仁』の方が、より他人を信じる戦い方をしているとは)」

それはそうだろう。なにせ、自分の身は自分で守るのがこの世界の常識だ。

この世界における冒険者パーティとは、極論を言えば『単独でもダンジョン攻略ができるような冒険者が徒党を組んでいるだけ』である。

オンラインゲームで言えば『大した信頼関係もないソロプレイヤーの集団』にすぎない。

ＨＰが０になれば尊厳を破壊し尽くされるダンジョンにおいて、自分の身を守る手段を手放し、あまつさえそれら全てを他人に委ねるなど、正気の沙汰ではない。

もちろん戦闘中における役割分担という考え方自体はこの世界にも存在している。

しかしそれは一時的にその役割を担うという意味であって、防御を捨ててまで一つの役割に専念するという意味ではない。

まあ冒険者の中にはパーティメンバー同士で恋仲になり、『恋人が助かるのであればなんだってする』と考える者もいるにはいるが、そういう冒険者であっても『恋人の命や自分の命の方が他人の命より大事』である場合が大半である。

自分の身を犠牲にするよりもまずは『他のパーティメンバーを犠牲にしてでも恋人を助ける』などと考えるのが普通である中、パーティメンバー全員に対して自己犠牲の精神を発揮する冒険者は稀《まれ》……というより、そんな冒険者はダンジョン上層でとっくの昔に死んでいる、というのがこの世界の常であった。

「へへっ、これならカインが二度と『僕を囮《おとり》にして逃げろ』なーんて言わなくて済むな！」

「まったく、あの時はホントに肝が冷えたんだからね？」

「ちっ、終わったことをグチグチと……。というか、お前たちも人のことを言えた義理か」

彼らがこの戦術を採用できたのも、三人が三人とも冒険者になる前から、

『他の二人が助かるなら自分はどうなっても構わない』

と一切の躊躇《ちゅうちょ》なく言ってのけるほどの人間関係を構築していたからに他ならない。

逆に言えば、それができたからこそ、彼らと同期の冒険者たちとは比べものにならないほどの力を得たとも言える。他のパーティだとこんなにも上手《うま》くはいかないだろう。

「…………………ほう」

だが、いくら中層でも通用する力を持っていたとしても、彼らはまだまだ経験が浅い。ゆえに、彼らは自分たちのことを見つめる人影に気づけなかった。
迫り来る災厄を察知することができなかったのである。

「なんて……なんて素晴らしい……！！！」
「ボク知ってるよ。こういうのを『不審者』って言うんでしょ？」
「ルカ、そういうのは口には出さず心の内に留《とど》めておくものですよ？」

彼らはストーカー被害に遭っていた。

迫り来る災厄という名の【狂人】と、偶然レベリングの場所が被《かぶ》ってしまったのが運の尽きである。

何の覚悟もしていない時に『【アヘ顔】プレイヤーだった頃からの推し』であるアリシ

アと、『この世界でできた新しい推し』であるレオン&カインを見てしまった【狂人】は、それはもう気持ち悪い不審者ムーブをかましていた。

『急に話しかけたらまた怖がらせてしまうかもしれない』

という気持ちと、

『推しの活躍を近くで見たい』

という気持ちがせめぎ合った結果である。

普段の【狂人】であれば前者を優先して黙って立ち去っているところであるが……。

この男、推しからしか摂取できない栄養を突然過剰に供給されたがゆえに、思考回路がショートしていた。

「特化型のスキル構成……戦闘中の完全なる役割分担……！　原作知識もないのに、彼らだけで考えたってのか……！　素晴らしい……素晴らしすぎる！」

その結果が『感動のあまり小刻みに震えながら満面の笑みで称賛の言葉を垂れ流す』という不審者ムーブであった。

創作物のキャラクターになら問題ないが、実在の人物に対してやるのは普通に通報ものである。

「いい加減にしてよね。ほら、さっさとレベル上げに戻るよ」

「他所様《よそさま》にご迷惑をお掛けしてはいけませんよ？」

「うぐ……わ、わかってるよ……」

ルカに服の裾をぐいぐい引っ張られてようやく我に返った【狂人】であったが……ふと、男の視界の端を何かが過《よぎ》った。

『クソが……！　許さねぇぞ豚どもが……！』

『このまま終われるか……！』

『豚どもにとびきりの「礼」をしてやらなきゃ気が済まねぇ……！』

それは、【狂人】たちによって壊滅させられた【フェアリー】の生き残りたちだった。

ただ、生き残りとは言っても、どれも無惨な姿であり、ほとんど魔術と執念で無理やり動いているような状態だ。

すでに死にかけの羽虫どもを突き動かしていたのは、人間への怨念であった。

せめて一矢報いてからでないと死にきれないという、言ってみれば死に場所を求めているようなものである。

この羽虫どもが今まで人間にしてきた所業を考えると逆恨みもいいところであるし、しかも全ての人間を恨むのは八つ当たりでしかないのだが、人間を『家畜』としか見ていないモンスターにとってはこれが当たり前の思考なのだ。

『へっ……油断しくさった豚どもが三匹……！』

そして、この羽虫が目をつけたのがレオンたちであった。

死にかけているがゆえに気配が微弱だったせいか、索敵を担うアリシアが羽虫どものことを全く感知できていない。

とはいえ、今の羽虫どもに大それた力などない。

必死になって他の生き残りをかき集めて徒党を組んだとはいえ、しょせん【アヘ声】で雑魚敵として登場していたようなモンスターである。

配下の【マジックゴーレム】はおろか、羽虫どもが運営していた魔術研究所すらも徹底的に破壊し尽くされている今、こいつらにできることといえば、せいぜい不意討ちでちょっとした手傷を負わせることくらいだろう。

こいつらの親玉である【フェアリークイーン】であればともかく、雑魚敵に過ぎない【フェアリー】たちでは、レオンたちにたいしたこともできずに勝手に力尽きるだろう。

「この死に損ないがあああああ！！！　『また』俺から奪うつもりかあああああ！」

「また訳のわからない理由で主がキレてる……」

……が、そんなことは【狂人】には関係なかった。

【アヘ声】におけるサブヒロイン、アリシア。彼女は多くのプレイヤーから【先輩】の愛称で親しまれ、人気投票でも上位にランクインした大人気キャラクターだった。

そんなアリシアは、【アヘ声】では【フェアリー】のせいで命を落とす運命にあった。

彼女を救うことも可能ではあるが、周回プレイ前提の難易度であるため、一周目で助けるのはかなり難しい。

そして『推しが死ぬなんて嫌だ！』と一周目で【先輩】を助けようとして何度も失敗したのが、この【狂人】という男である。

失敗する度に【先輩】が死ぬシーンを見せられたせいで、【フェアリー】が【先輩】に襲いかかるなど、【狂人】にとって完全に地雷なのだ。

「えっ、なに!?」

「この声……まさか？」

「あっちの方からだ！」

【先輩】死亡シーンがフラッシュバックしたことで瞬時に頭が沸騰した【狂人】は、雄叫《おたけ》びをあげながらフェアリーに突貫。

魔術で自身にありったけの強化をかけると、アホみたいな威力に跳ね上がった【絶刀】を片っ端から【フェアリー】どもの背中に叩《たた》き込んだ。

『ミヅ』

背後からの攻撃はクリティカル《必中》である。

哀れ、羽虫どもは死にかけていたせいで反応が大きく遅れ、何も為すことができず無価値なまま粉々になってしまった。

「無事か……ッ!?」

「えっ!? は、はい！　なんともないです！」

「そうか、よかった……本当に……」

そして、駆けつけてきた三人の無事を確認すると、男は心の底から安堵《あんど》したようにため息をつき——

ようやくしでかしたことを自覚して顔面蒼白《がんめんそうはく》になった。

「(や、やっちまったあああああ!?)」

【狂人】にしてみれば、自身の行動は『ストーカーがいきなり訳のわからないことを叫びながら目の前でスプラッタな死体を生産した』である。

やっちまった、どころの話ではない。

そんなもの、通報されて憲兵に突き出されても文句は言えない不審者ムーブである。

アリシアたちにバッチリ顔を見られているので、シラを切ることも不可能だろう。

完全に詰みである。

そんな感じで頭の中が真っ白になっている【狂人】であるが……。

アリシアたちには、また違った風に見えていた。

「(この人……こんなにHPを減らしてまで俺たちのことを助けてくれたのか……?)」

「(この御仁、『また俺から奪うつもりか』と言っていたな……)」

「(この人、やっぱり……)」

アリシアたちは【フェアリー】の存在を認識していなかったし、【狂人】からストーカー被害を受けていたことにも全く気づいていない。

なので羽虫どもが最初から死にかけていたことを把握しておらず、【狂人】の戦闘シーンも見ていなかった。

彼女らが見たのは、『HPをすり減らしたモンスターに、同じくHPをすり減らした男がトドメを刺した』という最後の部分のみである。

【狂人】のHPが大きく減っているのは、HPを消費して発動する【絶刀】をブッパしまくったせいである。

つまり【狂人】の自業自得なのだが、彼女たちには男が死闘の末にモンスターを討ち果たしたようにしか見えなかった。

また、アリシアたちにとってこの男は『死んだ姉（および実の姉のように慕っていた女性）の教えを受けていたかもしれない人』である。

実際はこの男の言う【先輩】とはゲーム中のアリシア本人を指す言葉なのだが、なんの因果かこの世界には過去に【先輩】そっくりの人間が存在していた。

そのせいで【狂人】は『アリシアの姉の後輩冒険者だったのでは？』と勘違いされてしまったのだ。

そんな男が『また俺から奪うつもりか！』などと叫びながらモンスターと死闘を繰り広げ、自分の治療そっちのけで真っ先に三人の無事を確認して安堵のため息をついたのだ。

つまり、三人から見た男の行動は、

『過去に目の前で先輩として慕っていた恩師をモンスターに殺されており、その恩師の大切な家族であったアリシアたちまでもがモンスターに殺されそうになっている場面に居合わせたため、命を懸けてそれを阻止した』

といった風に見えてしまっていたという訳だ。

なお、一から十まで勘違いなのは言うまでもない。

「…………」

「あっ、ちょっと……!?」

【狂人】は三人に背を向けると、【脱出結晶】を取り出した。

冒険者ギルドに帰還して潔く自首するつもりである。

この男、前世の記憶から『相手が警察官であったとしても、女性がストーカー被害に遭ったことを誰かに告白するのは勇気が必要な行為だ』と思っている。

そのため、こんなことで三人の手をわずらわせる訳にはいかない、と明後日《あさって》の方向に気を使っているのだ。

これに慌てたのは三人の方だ。

この男は大半の時間をダンジョン内で過ごしているため、会おうと思っても会えない人物である。

……会いたくない時に限って遭遇する人物でもあるが。

無言で去ろうとしているあたり、この男はお礼を受けとるつもりはないのだろう。

ここで逃がしてしまえば、きっと一生お礼を言わせてもらえないのではないか。

そう考えたアリシアは、とっさにいつもの口調で【狂人】を呼び止めた。

「待ちなさい！　話はまだ終わってないわよ！　あなたには伝えたいことがたくさんあるんだから！」

「…………ッ!?（そ、それは【先輩】の説教に対して主人公が『選択肢：逃げる』を選んだ時に聞ける台詞《せりふ》!?　二周目で改めて聞くと『私が生きてる間に色んなことを教えておきたい』という【先輩】の真意に気づけるという名台詞じゃないか！　まさか生で聞ける日が来るなんて!?）」

「えっ……？」

こんなことで止められるとは思っていなかったアリシアであるが、このオタクには効果《こうか》覿面《てきめん》である。

【アヘ声】における【先輩】の名言を生で聞いたことで、【狂人】は全身が硬直してしまい、【脱出結晶】を取り落とした。

「……ふっ。なるほど、この御仁にもヤンチャな時期があったということか」

「あー……アリシアの声って、姉さんそっくりだもんな。俺もよくああして怒られたよ」

そんな【狂人】の様子も、三人の勘違いを助長した。

この男も自分たちと同じ様に『姉』に叱責されていたから、『姉』とそっくりな声で同じ様に叱責されると、条件反射で硬直してしまうのだろう、と。

これにより、三人は男に対して一気に親近感を持ってしまった。

何を考えているのかよくわからないこの男が、実は過去に自分たちと同じ様に叱責されてシュンとしていたのかと思うと、なんだかおかしくて仕方がなかったのだ。

「ふふ、【脱出結晶】は没収です！　せめてお礼くらい言わせてください『センパイ』！」

「えっ」

「一緒にメシでも食いに行きましょう『センパイ』！　俺たちが奢《おご》りますから！」

「えっ、えっ？」

「遠慮しないでください『先輩』。僕らは貴方《あなた》に色々と助けられましたから。さぁ、お連れの方々もご一緒にどうぞ」

「ええ……⁇」

結果、推しから断罪されるどころかフレンドリーに話しかけられて混乱した男は、思考回路が完全に停止して流されるままに彼らと一緒に食事することを約束していた。

「えっと……一件落着、で良いのでしょうか……？」

「…………はぁ。なにやってるんだか」

唯一、ルカだけが『どうせ主のいつもの奇行が変な勘違いを生んだんだろうな』と正解

にたどり着いていたのだった……。

《表》

「うーん……」

「やー、どうしたんだ大将？　何か悩みでもあるのか？　新しい宗教（※ドロップ率を上げる方法）についての相談でなけりゃ、話くらいは聞くぜ？」

ある日、俺が休暇中に暇を持て余していた時のことだ。店の居住スペースにある談話室で考え事をしていると、店番をやっていたアーロンが昼休憩にやってきた。

「いや……想定よりもパーティ全体のレベリングが遅れてるな、と思ってな」

「（えっ……想定よりまともな相談だな……）」

実は、予定よりも大幅にダンジョン下層の攻略開始が遅れてるんだよな。

パーティメンバー間のレベル差をなくすためにモニカとエルのレベル上げを優先していたので、カルロスたちのレベル上げがあまり進んでいない。

現状でも下層の攻略は可能だろうが、ちょっとした不注意で全滅する恐れがある。

ボタン一つでコンティニューできるゲームと違い、この世界は死んだらそれまでだ。

パーティ全員の安全を考えると、もっと全員のレベルを上げておきたい。

「もともと毎日ダンジョンに潜ってレベリングするつもりで予定を組んでたからなあ」

ルカがモンスターのままだったら遠慮なくダンジョンに連れ回せたんだろうが……。

今の俺はルカを『ヒト』として認識しちまってるからな。

しかも一時期は精神状態がかなりヤバかったこともあって、ルカを定期的に休ませてやる必要があるんだが……。

「そりゃー仕方ないぜ。ルカ嬢は大将と一緒じゃないと休もうとしないんだろ？（つーか、以前は年中無休でダンジョンに潜って命を危険に晒《さら》してたのに、精神が摩耗するどころか逆に生き生きとしてた大将がおかしいんだがな）」

そうなんだよなあ……。

ルカを休ませるためには、俺も一緒に休まないといけないんだよなあ。

ルカの奴《やつ》、同じ建物内であれば別行動でも問題なくなったから、徐々に精神状態が改善してるのかと思ったんだが。

俺が外に出ようとした瞬間どこからともなく現れて背中に飛びついてコアラみてえになるわ、別々のベッドで寝ると不眠不休で俺のこと見張り始めるから添い寝が必要になるわで、改善してんだか悪化してんだかわからないな……。

「やー、でもいい機会じゃないか。俺は以前から大将にも休暇が必要だと思ってたんだ。こう見えて色々と心配してたんだぜ？」

ううむ、どうやら俺はアーロンに心配をかけていたようだ。

俺にとって冒険者生活は毎日仕事もせず趣味に没頭してるようなもんだが、現地人には逆に趣味に没頭する暇もなく年中無休で働く社畜のように見えてるんだろう。

そりゃあ『休め』と言われても仕方がない。

あと、パーティリーダーである俺が休まなければ、パーティメンバーも気兼ねなく休めないかもしれないってのもある。

そういう意味でも俺はもっと休暇を取るべきなのかもしれない。

「わかったよ。今後もこのペースでレベリングやダンジョン攻略をしていこう」

「それでいいと思うぜ。（大将のことを心配しているというのも嘘《うそ》じゃないんだが、このままだといずれ『ダンジョンに拠点を作ってそこに移り住むぞ！』とか言い出すんじゃないかと不安なんだよな……）」

……うん、まあ、この世界の基準で言えば今のペースでも十分すぎるほど攻略は早いんだよな。原作開始まで残り二年を切ったとはいえ、焦る必要なんてどこにもない。

それでも攻略速度を上げようとしていたのは……自覚はなかったが、わざと忙しくすることで余計なことを考えないようにするためだったのかもしれない。

のんびりしていると、ふと思い出してしまうことがある。

帰還することが絶望的な故郷。

そこに残してきてしまったもの。

そして……この世界の恐ろしさ。

一度でも立ち止まってしまえば、俺は二度と立ち上がれなくなってしまうんじゃないか。

心の底では、そんな恐れを抱えていたのかもしれない。

つっても、俺がダンジョン攻略をエンジョイしてるってのも嘘じゃないんだけどな！　強くなるのは楽しいし、レアアイテムをゲットした時なんかもう最高にハイテンションってやつだぜヒャッホウ！


「あ、やっべ。なんかレベリングしたくなってきた」

「言ってるそばからこれだから困るんだよなぁ……」


だって俺の現在レベルは44なんだぜ!?

レベルが44って数字のままだとなんとなーく不吉な気がするじゃん！

「やー、だからレベルってそんな簡単に上がるもんじゃねーからな？？？（てか、まだ下層に到達すらしてない大将が俺よりレベル高いっておかしくねーか？　俺、結構長いこと下層で活動してたはずなんだが……）」

「ちょっとだけ！　ちょっとだけだから！　レベル45になったらすぐ帰ってくるから！　なんならフェアリーの花園跡地以外には行かないから！」

「そりゃ、あそこは罠《わな》ごと全部なくなっちまったから比較的安全にレベリングできるっちゃできるが、そういう問題じゃないんだぜ？　ルカ嬢の休暇はどうすんだよ」

「ダンジョンに行くの？　じゃあボクも行く。ちょうど体を動かしたいと思ってたんだ。さすがに連休は長すぎるよ」

「うおっ!?　ルカ嬢!?」

そんなことを言っていると、ルカが背後から音もなく現れたため、アーロンが顔をひきつらせた。

まあルカはもともとノーム——アーロンを殺しかけたモンスターと同種だからなあ。

余計な混乱を防ぐために皆にはルカがモンスターであることは伏せてるけど、アーロンの本能が警鐘を鳴らしてるのかもしれない。

「ほら、ルカも行きたいって！」

「大丈夫か大将？　手のひら返しすぎて手首が捻《ね》じ切れたりしてないか？」

「大丈夫大丈夫！　軽く運動する程度に留《とど》めるからさ！　休暇中といえど、適度な運動はむしろ体にいいんだぜ！」

「（ダンジョンを運動公園か何かと勘違いしてねーか？）」

さすがにいつもみたいに一日中ダンジョンに潜ったりはしない。本当に、軽く（※数時間ほど）ダンジョンでレベル上げするだけだから！

「やー、そんなジョギングに行くみてーなノリでダンジョンに突撃かますのは大将くらいだぜ……。（てか、ホントにルカ嬢の考えが読めてるんだろーな……？　俺にはいつも通りの無表情&無言にしか見えねーんだが）」

結局、ルカの無言の圧力に屈したアーロンは『絶対にすぐ帰ってくること』とだけ言い残して去っていったので、俺は監視継続のためにエルも連れてダンジョンへと向かった。

「へー！　ここって宿屋じゃなかったんですか！」

——で、現在。

なぜか俺は【推し】たちと一緒に酒場にやってきていた。

おかしい……俺はただレベル上げをしていただけなのに……！

「いえ、その、ここは宿屋で合ってますよ。ただ、大衆食堂も兼ねていまして。ギルドの近くにありますので、多くの冒険者が利用してるようですね」

かく言う俺もこの世界にやってきたばかりの頃はここでお世話になっていたもんだ。

最初に泊まってた宿は【ミニアスケイジ】では標準的な石造りの建物だったんだが、日本ではほとんど見る機会がなかったせいか落ち着かなくて、眠れない日も多かった。

そんな時に【アヘ声】主人公が泊まってたこの宿が木造だったことを思い出し、そっちの方がまだ馴染《なじ》みがあるだろうと、思い切ってこっちを利用することにしたんだよな。

併設されてる食堂も前世の大衆食堂と雰囲気が似ていたおかげで、俺はいくらか精神を持ち直すことができた。

最近はチャーリーの飯が美味《うま》いからあまり利用しなくなったが、食にうるさい日本人だった俺がそこそこ満足できるくらいには、ここの店主はいい仕事をしていると思う。

「さっ、好きなの頼んじゃってください！」

ここの店主はいい仕事をしていると思う（現実逃避）。

……いや、いい加減現実と向き合うか……。

俺は憲兵に自首しようと思ってたのに、それは彼らに止められてしまった。

だからせめて彼らにストーカーしてしまったことを謝罪しようと思っても、

「君たちに謝らなければならないことがある」

「謝らないでください。きっと（姉さんが亡くなったのは）どうしようもなかったんだと思います」

などといったやり取りを経て、あっさり許されてしまう始末。

ちょっと性格がよすぎないかこの子たち？？？　さすがは俺の【推し】なんだよなあ。

「ほらセンパイ！　遠慮なんかいりませんって！　あ、俺【白煮《シチュー》】大盛りで！」

「お前が遠慮しなさすぎるだけだ、馬鹿者」

「ホラ、俺たちがガッツリしたもの頼めば、センパイだって遠慮しなくて済むだろ？」

「なに取って付けたようなこと言ってるのよ。どうせアンタが食べたいだけなんでしょ？」

「へへっ、バレたか」

オアッ（尊死）。

なんだこの仲良し三人組。お互いの扱いがぞんざいだったり、わりと口が悪かったりするのに、険悪な雰囲気が一切ない。

むしろ遠慮なんかしなくていいほど仲が良いという雰囲気がひしひしと伝わってくる。

まさしく『気の置けない友人』のお手本みたいな関係だ。

えっ、いや、彼らの間に俺が挟まるのはダメだろ。

こんな完成した関係に異物混入とか、彼らのファンとして許されざる大罪では？？？

「……なにを考えてるのか知らないけど、どうせ大したこと考えてないんでしょ？」

「先方をお待たせするのも忍びないですし、まずはメニューを決めてしまいませんか？」

はっ、いかんいかん。また三人から変な奴だと思われてしまうところだった。

俺の不審者ムーブを快く許してくれた（※気づいてないだけである）どころか、律儀に助けたことに対してお礼までしてくれるような、そんないい子たちの前でこれ以上無様を晒す訳にはいかない。

今はルカのやさぐれたような態度や、エルの嗜《たしな》める声が非常にありがたく感じる。

俺がトリップしかけても現実に引き戻してくれるからな。

俺だけだったらまともに彼らと会話できる気がしないぞ。

「えっと、では私はこれを……」

「【マカ麺《パスタ》】なんか頼んじゃって、そんなんじゃ腹は膨れませんよ？」

「というか、敬語はいらないって言ってるじゃないですか。私たちの方が後輩なんですから。名前だって呼び捨てでいいんですよ？」

「……そうか……今は俺が先輩、なのか……」


なんだろうなあ……不思議な気分だ。

まさか【先輩】から『先輩』と呼ばれる日がくるなんて、夢にも思ってなかった。

でもまあ、こういうのも悪くないかもな。

推しのいろんな姿を見られるなんて、ファン冥利に尽きるというものだ。

「(やはりこの御仁にも思うところがあるのだろう。かつて『先輩と呼ぶ立場』だったのが、今は『先輩と呼ばれる立場』になったのだから)」

「(しかも『センパイ』って呼んでた人の妹から『センパイ』って呼ばれてるんだもんな。なおさら感慨深いもんがあるんだろうなぁ)」

「(私だって奇縁だと思うもの。センパイも不思議な気持ちでしょうね)」

よし。そういうことなら、これからはファンとしてだけじゃなく、冒険者の先輩として彼らに接するとしよう。

【先輩】も【アへ声】で『先輩は後輩を助けるものだ』って言ってたしな！

「そういうことなら、ここの支払いは俺に任せろ！　じゃんじゃん頼んでいいぞ！」

「うぇっ!?　いやいや、どういうことですか!?　俺たちが出しますって！」

「なに言ってんだ！　先輩なのに後輩に飯を奢《おご》らせる奴《やつ》があるかよ！」

「いや、だからお礼なんですってば！」

「いいからどんどん俺を頼ってくれ！　『その方が先輩冥利に尽きる』ってもんだ！」

「(……やはりこうなったか……)」

「(姉さんも生前似たようなこと言ってなかなかお礼をさせてくれなかったし……)」

「(もう、一度言い出したら聞かないんだから……。そんなところまで姉さんに似なくてもいいのに……)」

　てか、金には困ってないんだよな。

　いや、ある意味で困ってるというか……ぶっちゃけ使い道がなくて貯《た》まる一方なんだが、個人に富が集中するのは大変よろしくない。

【ミニアスケイジ】の経済に悪影響が出るかもしれないし、周囲から余計な顰蹙《ひんしゅく》を買う可能性だってあるし、なにより治安が悪いから悪人どもから目を付けられかねないからな。

　うーん、【アヘ声】だと常に金欠だったんだがなあ……。

　というのも、ダンジョンRPGには『お金を経験値に変える施設』が存在するパターンが結構あって、それは【アヘ声】も同様だった。

　役所で【出資する】を選んで【ミニアスケイジ】に金を落とせば、その分だけ経験値がもらえてレベルが上がるようになってたんだよな。

　だから【アヘ声】では消費アイテムの購入といった必要経費を除き、出費を極限まで減らすのが定石だった。

俺も【アヘ声】をプレイしていた時は、宿屋は利用せず無料で利用可能な馬小屋で寝泊まりしたり、武器の強化とかも自分でやったりしたもんだ。

そうして確保した金は全て【出資】に回して、経験値に変えてパーティを強化する訳なんだが……当然ながら、この世界では金を使っただけで強くなれるなどという都合のいい現象が起きるはずもなく。

そのくせモンスターから手に入る戦利品は【アヘ声】と同じなので、換金アイテムとか素材とかを売り払っているうちに金は貯まる一方だった。

かといって豪遊する気にもならない。

【ミニアスケイジ】の娯楽はエロ方面に偏り過ぎなんだよ。

どこぞのレビュアーズの世界かよってくらい娼館《しょうかん》の種類が豊富だし、本屋には官能小説が堂々と陳列されてるし、劇場も半ばストリップショー（※男女平等なので男も脱ぐ）じみている。

エロゲ世界ゆえか、それともこの都市が特殊なのかはわからないが、エロ方面以外の娯楽に乏しいんだよな。

ここまで偏ってるとうんざりしてきて逆に興味が失《う》せる。

そんなものよりダンジョンに潜ってた方が楽しい。

なので金をギルドの貸し金庫に適当に放り込んでいたら、いつの間にか俺はちょっとした金持ちになっていた。

だからアーロンに【H&S商会】の資金として運用を押しつけ……もとい任せてみたら、これがまた当たりを引いてかなりの利益を叩《たた》き出してしまった。

そのせいで、パーティメンバー全員で山分けしようとしても、引きつった顔で、

『報酬だけで十分だから残りはパーティの共有財産として管理してくれ』

と断られる始末だ。ルカに至っては興味すら示さない。

老後の備えとして貯金しとけばいいのに、と思ったのだが……。

世界が滅亡の危機を迎えているからか、それとも冒険者といういつ死ぬかわからない職業柄か、そういう考えは一般的じゃないらしい。

そういう訳なので、引き続きアーロンに共有財産の管理を丸投げしてはいるんだが、それでも俺の懐には結構な額のポケットマネーが残っている。

現代日本にいた頃は大金ゲットして遊んで暮らしたい、なんて思ったこともあったけど、使い道がないこの世界の札束なんて俺にとっては紙切れ同然だ。

かといって悪人どもに渡す気はないので、本当にどうしよう……と思っていたところに現れたのが、推しである彼らだ。これも何かの縁だろう。

今後は彼らの成長を阻害しない程度に貢ぎまくるとしよう。

その方が何倍も有意義だと俺は思う。

「それにな、こういうのは順番なんだよ。俺に恩義を感じてくれたなら、俺に何かを返すのではなく……いつか君たちが先輩になった時に、君たちの後輩によくしてやってくれ」

とはいえ、そんな俺の懐事情を口外するつもりはない。

俺に他意はないとはいえ、事情を知らない他人からしてみれば『お前より金持ってるから奢ってもらう気はない』ってことだからな。どんだけ嫌な奴なんだよって話だ。

「そうやって『人間の意志は受け継がれていくもの』なんだからな。まあ、これは俺が【先輩】と仰いでいた人の受け売りなんだけどさ」

なので、ここは一つ、【先輩】の教えを説きつつ、目の前で実践してみせることにした。

そうすれば彼らは何も言えなくなるだろう。

なにせ、普段からアリシアに口酸っぱく言われてることだろうからな。

「……ああ、もう、わかりましたよ……。（姉さんの教えを言われちまったら、俺にはどうしようもないぜ……）」

「……そうだな。（確定的、か。やはり、この御仁は……）」

「……わかりました。ここはご馳走《ちそう》になります。（でも、いつか絶対、ぜ～～～ったいに恩返しさせてもらうんだから！）」

よしよし。狙い通りだ。俺は追加で飲み物やら小皿やらを注文すると、ワイワイと騒ぎ始めた彼らの姿を合法的に堪能したのだった……。

第4章

《表》

あれから俺は『後輩たち』に負けないようダンジョン中層でのレベル上げに勤《いそ》しみ、つい先日、とうとうパーティメンバー全員が目標レベルまで達した。

よって、本日からダンジョン攻略を再開することにする。

【アヘ声】では、ダンジョン攻略を進めていくにつれ、

『物理攻撃が効きにくい代わりに魔術に弱い敵』

とか、

『特定の属性を持つ攻撃以外は全て効きにくい敵』

など、様々な敵が入り乱れるようになる。

なので、今後はパーティメンバーをさらに特定の分野へと特化させて攻略を進めていく。

以下、仲間たちと話し合って決めた各自の役割だ。

まず、俺は壁役だ。メインクラスを【騎士】にすることで防御力を高めつつ味方を庇《かば》うスキルの性能を強化し、サブクラスを【踊り子】とすることで回避率も上げている。

壁役関連のパッシブスキルは防御中に発動率が上がる場合が多いので、戦闘中は基本的に防御に徹する。

あと、装備品やスキルスロットもさらなる防御力の強化や状態異常耐性の効果があるもので埋め尽くしてある。

ルカはメインクラスを【狩人《かりゅうど》】にすることで、隠された罠《わな》や宝箱に仕掛けられた罠などを解除する役割だ。

また、サブクラスを【戦士】にすることで戦闘中の火力不足を補っている。

【戦士】が使えるアクティブスキルは威力が高い代わりに命中率が低いものが多いので、命中率が上がるスキルを使える【狩人】との相性は良好だ。

エルはメインクラスを【修道僧】、サブクラスを【騎士】にしたタンクヒーラーだ。

【修道僧】は鈍器による攻撃も可能なんだが、エルの場合は攻撃を捨てて回復および味方の強化に特化している。

というか回復に補助に壁役とやることが多いので攻撃している暇はない。

アーロンもメインクラスは【狩人】だが、ルカと役割が被《かぶ》らないよう思い切って罠対処関連のスキルを捨てることにした。

【狩人】には『状態異常付与ができる』というもう一つの顔があるので、サブクラスを攻撃回数を増やせる【闘士】にすることでそちらの方面に特化してもらった。

カルロスはメインクラスを【戦士】、サブクラスを【剣士】にしたゴリッゴリの物理アタッカーだ。

雑魚戦では【剣士】のアクティブスキルで物理範囲攻撃を行い、ボス戦では【戦士】のスキルで物理単体攻撃を叩き込む。活躍できる場が多いのが強みだ。

フランクリンはメインクラスを【闘士】、サブクラスを【剣士】とした手数で勝負するタイプの物理アタッカーだ。

攻撃回数は驚異の30超えだが、一発の威力が低いので防御力が高い相手には1×30のダメージという悲惨なことになりかねない。

補助役と組むことで真価を発揮するボスキラーだ。

チャーリーはメインクラスを【召喚士】、サブクラスを【修道僧】にした補助役だ。

【召喚士】はモンスターを使役するクラスだが、このクラスは【修道僧】とは別種のバフが使えるのでそちらが目当てだ。

また、【修道僧】は時間経過でＭＰが回復し、それを他者に分け与えるスキルも持っているので、パーティの継戦能力を大幅に高めてくれる。

モニカはメインクラスを【魔術士】とし、サブクラスを【剣士】とすることで杖《つえ》を【二刀流】できるようにし、魔術攻撃に特化してもらった。

物理攻撃が効かない敵を楽々と倒せるのはもちろんのこと、豊富な属性魔術で敵の弱点を的確につくことが可能だ。

ただしダンジョン内には魔術が使えなくなる場所があるため、そういう場所ではサブクラスを【剣士】から【商人】に変更することでアイテムを投げまくって切り抜ける。

今後は俺、ルカ、エルを固定メンバーとし、状況に応じて他のメンバーを適宜入れ替えながらダンジョンを攻略していくことになる。

残りのメンバーは【H&S商会】で働くか、休暇を取ってもらう形だな。

「これでダンジョン攻略における盤石の態勢ができあがったわけだ。感無量だな！」

「……まぁ、その気持ちには同意しかないな」

「なし崩し的に大将のパーティに入って、最初はどうなることかと思ったけど……」

「ダンジョン上層を突破できずに酒場で燻《くすぶ》ってたのに、気づいたら上位の冒険者の仲間入りだってんだから驚きだぜ」

現在、俺は固定メンバーにカルロスたち三兄弟を加えてダンジョン中層30階までやってきていた。

俺たちの目の前には、ダンジョン上層でも見た巨大な扉がある。つまりボス部屋だな。

扉には上層同様、この先で待ち構えているボスの姿を象《かたど》った彫刻が施されている。

今回は『女性の上半身と蜘蛛《くも》の下半身を持つモンスター』の彫刻だ。

この手のモンスターは、他のゲームだと『アラクネー』とか『アルケニー』とかって名前で登場することが多い。

【アへ声】でも【アルケニー】名義で登場し、実はここに来るまでに何度も倒してるモンスターだったりする。

つってもまあ、今の俺たちならワンパンで倒せる程度の雑魚敵にすぎないので、詳しい説明は省くが。

んで、この先に待ち構えてるのはその上位種のモンスターってわけだ。

名前は【背約の狩人】。見た目は【アルケニー】を全長3mくらいに巨大化させて、体色を黄色と黒の縞模様《しまもよう》から毒々しい紫に変更した感じだ。

あと、頭部に王冠のようなトゲが生えていたりと、細部のデザインも異なっている。

まあ上位種モンスターらしく【アルケニー】を順当に進化させせましたって感じだな。

「さあ、行くぜ皆！」

俺が勢いよく扉を開け放って部屋の中に突入すると、下層のボス部屋と同じく中央の床に描かれていた魔法陣がスパークし、【背約の狩人】が姿を現した。

【アヘ声】における【背約の狩人】は、高い回避率と厄介な攻撃を兼ね備え、さらに蜘蛛の巣が張り巡らされた特殊なフィールドで戦うことを強いられるという、中層の集大成といった感じのボスだった。

このフィールドでは、戦闘中に一定確率でパーティメンバーの誰かが蜘蛛の巣に搦め捕られてしまう。

パーティの中にクラスを【狩人】にしているメンバーがいればその確率を下げられるが、【狩人】がいないとあっという間にメンバー全員が【拘束】状態になってしまうんだよな。

HPも【背信の騎士】とは比べ物にならないほど高く、ワンパンで倒すのは不可能なので、きちんと対策を取らないと敗北は必至の強敵だった。

「じゃあ皆、手筈《てはず》通りに頼んだぜ！　まずは俺が【全裸】になって踊りまくる！」

「初手からなんかもうすでにおかしいんだよなぁ……」

いや、本当に全裸になったわけではないぞ？

防具を全て外すことで【踊り子】の回避率上昇効果を最大にしただけで、ちゃんと服は着ている。

【背約の狩人】は防御力無視攻撃を仕掛けてくるうえ、全ての攻撃に状態異常が付与されているからな。

　こいつの攻撃は受けるより回避した方がいいんだ。


「ヘイヘイヘイ！　そんな攻撃じゃ俺には当たらないぜ！」

「(き、気持ち悪い！　なんなのこの変態は!?)」

「主、モンスターにまで気持ち悪がられるって相当だよ？」


　えっ、俺ってモンスターどもから気持ち悪がられてんの？

　……い、いいだろべつに。敵の注意を引いて攻撃を俺に集中させるのが目的なんだから。

　つーか、言うほどキモいか……？

　そりゃあ某少年探偵がアニメのオープニングで踊ってたやつに似てるとは思うが……。

　アレってキモいというより面白いじゃん。

「気持ち悪い」

「気持ち悪いな」

「ごめん大将、ちょっと気持ち悪いかな……」

「その……わたくしは面白いとも思いますよ？」

　それってキモいとも思ってるってことじゃん……。

　……そっかあ……この世界の人間にとってはキモいのかあ……。

……まあいいや……そのぶん効果は折り紙つきだし……。

副次効果で敵の視線を釘付《くぎづ》けにできるし……。

キモいと思われるくらいで仲間への被害が減るなら安いもんだ……。

「うっ、そう言われると申し訳なくなるなぁ……。【ヒットブースト】！」

「ほっとけチャーリー、普段の行いが悪い。【壱ノ剣】！」

「大将、もっと奇行を控えた方がいいんじゃね？　オレも【壱ノ剣】だぜ！」

「まっ、敵を倒せるならなんでもいいけどね。【スナイプ】」

「そうですね、今は敵を倒すことに集中しましょう。【ミスト】」

俺が【背約の狩人】の攻撃を避けまくってる間にも、戦況は刻一刻と変化していく。

チャーリーが命中率アップのバフをバラまき、カルロスとフランクリンが範囲攻撃で蜘蛛の巣ごと【背約の狩人】を斬り飛ばす。

ルカは遠くから【背約の狩人】の頭部を狙撃し、エルは俺の周囲に魔術で霧を発生させてさらに回避率を上げている。

「(私を怒らせたわね！　覚悟なさい、私が持つ最大の攻撃で骨まで溶かしてあげる！)」

「ぬうん！　【食いしばり】ィ！！！」

「(イヤアアアアア!?　ば、化物ォォォォォ!?)」

途中でどうしても回避できない攻撃が飛んできて俺のＨＰが一撃で全て消し飛ぶが、ガッツ的なパッシブスキルによってＨＰ１で耐える。

その直後にエルに回復魔術をかけてもらえば、実質ノーダメージだ。

まあこの攻撃の受け方をすると、小指をタンスの角に思いっきりぶつけたようなスッゲエ痛みが襲ってくるので、あんまりやりたくないんだけども。

戦闘中はアドレナリンがドバドバで何とかなってるが、平時にこんなの食らったら悶絶《もんぜつ》しちまうぜ。


「(HPが0になっても、主なら世界の法則を無視して高笑いしている気がする)」

「(マジでメンタルが化物じみてんなコイツ……)」

「(そういうトコだぜ大将……)」

「(大将が立ってるだけで安心感あるし、おれたちとしてはありがたいんだけど……)」

「(自慢の攻撃を『痛い』で済まされた【背約の狩人】は、泣いていいと思います……)」

敵の攻撃は全て対策済み。逆に【背約の狩人】には順調にダメージを与えていく。

やがて【背約の狩人】はHPを全損し、トドメの一撃を食らって壁のシミになった。

「(ああ、ようやく解放される……こんな化物と戦うのは二度とゴメンだわ……)」

「んー……何もアイテムをドロップしなかったかあ」

【背約の狩人】が消えていった場所を探したが、何も落ちていなかった。

どうやら今回は戦利品が何もないらしい。まあ、レアアイテムのドロップ率は低いからな。こんな日もあるだろう。

「まあいいや、トレハンは回数が全てだ」

「(…………は?)」

ギィィィと大きな音を立て、外に待機させていたゴーレムが部屋の中に入ってくる。

そうすることで再び部屋の中央に【背約の狩人《かりゅうど》】がリスポーンした。

「おっと、俺ばっかり見てていいのか?――後方注意だぜ」

「(ヒッ!? や、やめ――)」

あらかじめ指示していた通りにスキル構成や装備品を変更し、【背約の狩人】の背後に陣取っていたカルロスたちが武器を大きく振りかぶる。

すると三人の身体《からだ》から赤いオーラが噴き上がり、【背約の狩人】の背中めがけてものすごい勢いで武器を振り抜いた。

「説明しよう！　ハンマーは装備すると命中率が下がる代わりに非常に火力が高い武器種であり、それを【二刀流】することで火力は倍率ドン！　【死中活】を発動させることでさらに倍！　そして【フルスイング】は命中率が半減する代わりに最高クラスの火力を持つアクティブスキルだ！　命中は完全にクソザコナメクジになるが、背後からの不意討ちは確定クリティカル（※必中効果あり）なので問題なし！　あいてはしぬ！！！」

【背約の狩人】はワンパンで倒せないと言ったな。
あれは本当だ。
だが一撃で倒せないなら複数の攻撃をブチ込めばいいのである！

「（ぎぃやぁぁぁぁぁぁぁ！！！）」

まるで車が正面衝突したかのような爆音が何度も鳴り響き、【背約の狩人】は再び壁に激突してシミに変わった。
いやあ、訓練されたハンマー部隊は見ていて爽快だなあ！

「うーん、やっぱり固有ドロップ品が出ねえなあ……。ここはいったんボス部屋を出て入り直すか？　そうすればきっとドロップ確率が上がるはず！」
「そんなことしても確率は上がらないから。ドロップが渋いからって変な宗教を始めるのやめてくれない？」

「そんなことはない！　やはり【再入場教】こそ唯一無二の真理……ッ！……たぶん」

「【フルスイング】！……気の毒だとは思うが、恨むなら大将を恨んでくれよ……」

「ふふふ……もはやハルベルト様が生きている間は復活を諦めて、現世を楽しんだ方がよさそうですね……」

俺は脱いでいた防具を着込むと、万が一【背約の狩人】を倒せなかった時のために【シールドアサルト】の発動準備をしつつ、皆が壁のシミを量産する作業を眺め続けた。


「思ったより時間が掛かっちまったな……」

その日はマラソンで終わってしまったため、俺たちは【H&S商会】へと帰還した。

翌日はボス討伐で疲れてるだろうということで休みにし、さらにその翌日。

俺たちはようやく30階から先に進み、ダンジョン下層へと降り立った。

「や～、ここが下層ですか」

モニカが周囲をキョロキョロと見回し、しみじみと呟《つぶや》いている。

ちなみに本日のダンジョン攻略ではメンバーを入れ替え、アーロン、フランクリン、モニカがパーティに加入している。

「まさか一度は冒険者を辞めた私が、こんな短期間でここまで到達できるとは思ってもみませんでした。人生何が起きるかわかりませんね……本当に……」

なにやら一瞬遠い目をしていたような気もするが、まあいつも元気なモニカに限ってそんなことはないだろうと思い直し、俺も彼女に倣って周囲の様子を窺《うかが》った。

辺りの風景はまたしても一転し、目の前には大海原が広がっている。

ただ、開けた場所であっても空が分厚い雲のようなものに覆われているため、今までの階層と同じく太陽が見えず薄暗い。

ダンジョン下層は三つのエリアに分かれており、31～40階が『海岸エリア』、41～50階が『海中エリア』、51～60階が『海底洞窟エリア』となっている。

で、俺たちが降り立った海岸エリアはたくさんの小島や浮島からなり、基本的には浅瀬を渡ったり木を倒して橋の代わりにしながら進んでいくことになる。

現在、俺たちはこのエリアで最も小さな島に立っていて、背後には中層へと繋《つな》がる扉だけがポツンと存在している。

扉を開ければ中には樹海が広がっているため、まるで『どこ○もドア』みたいだ。

相変わらずダンジョンの仕組みはいまいちよくわからん。

魔術的な何かが働いているのだろうか？

「やー、懐かしきダンジョン下層、ってな」

「……ふぅん。これが海？　ノームにとっては処刑場だったけど、こうして見るとただの大きな水溜《みずた》まりだね」

「ひと昔前ならきっと『海だ～！』ってなってましたけど、今はいまいちテンション上がりませんね……自分の水着姿を想像すると、ちょっと……」

「オレはモニカちゃんくらいの体型が健康的でいいと思うんだけどなぁ。そんなに気になるってんならオレたちと一緒に筋トレとかどうだい？」

「スプーンとフォークより重いものは持てないので遠慮しときますね」

「（昨日、お出かけからの帰りにずっしりと重いホールケーキを軽々と持ってらした気がするのですが……）」

しかしまあ、モニカがパーティに加入してから、以前より賑《にぎ》やかになった気がする。

アーロンとルカはいつも通りだけど、三兄弟も口数が増えたしな。

やはりモニカみたいな明るい子がいるとメンバー全員の雰囲気が明るくなる。

「……っと、さっそくモンスターどものお出ましか」

初回なのでまずは軽く周囲を探索しようということで、すぐ近くの島へ移動した俺たちだったが、その行く手を複数の影が遮った。

「皆、それぞれの役割はわかってるな？　それじゃあ行くぜ！」

「準備万端。いつでもいけるよ主」

「あなた様のお望みのままに」

「俺にお任せあれ、ってな」

「オレの実力、見せてやるぜ！」

「私だって頑張りますよ～！」

俺の号令と共に真っ先にアーロンが【即死】効果を付与したボウガンを放ち、耐性のない雑魚モンスターの首を問答無用ではね飛ばしてその数を減らした。

まずはこれで敵の数に圧倒される危険性をなくす。

「おっと、やらせねえよ！」

「わたくしが背中をお守りします！」

直後に俺とエルが前に出て、残ったモンスターどもの攻撃を全て受け止めて時間を稼ぐ。

「…………」

その間に残りのメンバーは【超集中】だ。

【集中】とは、強力なアクティブスキルを使うための準備みたいなものだ。

他のゲームにも『次のターンの攻撃力を二倍にする』みたいなのがあるが、それと似たようなもんだな。

そして【超集中】はその上位版みたいなもので、『ダメージを受けるまで【集中】状態を維持する』という効果がある。

つまり、俺が全ての攻撃を引き受ける限り、一度でも【超集中】を発動すれば、以降ずっと強力なスキルを使い放題ということだ！

「…………！！」

「――――ッ！」

「～～～！！！」

そして次の瞬間、カッ！っと目を見開いた三人が次々と大技を決めていく！

ルカは【スナイプ】で回避率が高いモンスターどもの脳天を次々と撃ち抜いていき。

フランクリンは【ラッシュ】という三連続攻撃を行うアクティブスキルでモンスターどもに拳の嵐を浴びせて粉々にしていき。

モニカは【ブーストスペル】という魔術の効果を二倍にしたうえで放つアクティブスキルを発動し、物理が効きにくいモンスターどもに巨大な火の玉を投げつけて跡形もなく消し炭にしていった！

数分後には、もはやドロップ品と宝箱以外にモンスターどもがここにいた痕跡は残っていなかった。


我々の完全勝利である。


「え～……ナニコレ……。下層のモンスターたちが下級の魔術で蒸発したんですけど……。自分でやっといてなんですが、火力高すぎません？？？」

「オーバーキルすればドロップ品がよくなるんだぜ！」

「えっ!?　そうだったんですか!?」

「そ、そう言われてみれば、いつもよりドロップ品がいいような……!?」

「そんな話は（邪神としての能力を持つわたくしですら）初耳なのですが……」

「いつもの宗教でしょ。まさかそんなことのためにボクらにスキルを習得させたわけ？」

心なしかルカの俺を見る目が冷たい気がする。

い、いや、これに関してはちゃんと他にも意味があるんだって。

【アへ声】だと戦闘が終了すると【超集中】状態が解除されるので、戦闘ごとにいちいち【超集中】→次のターンでスキルを選択といった手順を踏む必要がある。何度も戦闘を繰り返しているうちに操作が面倒くさくなってくるので、雑魚戦ではいまいち使い勝手がよくなかった。

だが、この世界だと自分で解除するまでずっと【超集中】状態でいられるんだよ。

その代わり、長時間維持していると極度の疲労に陥ってしまうが、適度に休憩を挟むなどのケアを怠らない限りはずっと大技を使い放題だ。

これを利用しない手はないだろ？

「やー、それってオーバーキルする理由の説明になってるか？」

「…………………」

「……もういい。どうせボクが何を言っても無駄なんでしょ」

「い、いや！　体感的にはホントにドロップ率が上がってるんだって！」

なにやらやさぐれた会社員のような雰囲気を出している（ような気がする）ルカに弁明しつつ、俺はマップを取り出した。

「さて、新しい階に到達して真っ先にすることは何か。そう、マップ埋めとトレハンだ！」

「う〜ん、有無を言わせませんね〜……」

マップを確認してみたが、どうやらこのあたりは入口付近ということもあってすでに他の冒険者たちによって粗方マップが埋められている。

が、例によって歯抜け状態になってる場所が大量にあるので、まずはそこから埋めていこう。

「主、向こうからモンスターが来る。一匹だけみたいだね」

「総員、戦闘態勢！」

と、周囲の警戒にあたっていたルカから合図があったため、いつでも迎撃できるよう味方に号令をかけて陣形を整えておく。

【アへ声】では単独で行動するモンスターは巨体かつ強敵であることが多かった。

まあアレだ、デカいモンスターは画面に収まらないから単独で出すしかないからな。

この世界でもそれは同様だ。

もっとも、この世界ではそういうゲームの仕様上の都合とかではなく、強いモンスターは徒党を組む必要がないから単独で行動してるだけみたいだが……それはさておき。

強敵ということは、つまりレアアイテム獲得のチャンスということだ！

さあ！　いつでもかかってこい！

「……襲ってこないな」

「まだ私たちに気づいてないんでしょうか？」

が、一向にモンスターがやってこない。

どうやら気配はすれどその場を一歩も動かないみたいだ。

モニカの言う通り、まだこちらには気づいてないのかもしれん。

ならば先手必勝だということで、警戒は緩めずにゆっくりとルカが指差す方向へと進んでいく。

「あれ、いませんね」

「……やー、ちょっと待ちな。あそこをよく見てくれ」

アーロンが指差した先を見ると、針葉樹が密生している場所になにやら揺らめくものがあった。

目を凝らしてみると、そいつは木の幹に擬態した２ｍくらいはあるデカいカメレオン型のモンスターだった。

「ダンジョン下層全域に生息するモンスター、【カモフラーゴン】だな。ああやって色んな場所に潜んでるから、下層では常に注意が必要だぜ？」

なるほど、【カモフラーゴン】か。

【アヘ声】ではそこそこレアなモンスターで、高確率で先制攻撃を仕掛けてくるのが特徴だったけど、この世界じゃあんな感じなんだな。

「ほーん……変なモンスターもいたもんだぜ。あんなのよく見つけたな？」

「まー、これでも少し前は下層で活動してた冒険者だからな。前のパーティじゃ索敵も俺の仕事だったし」

「そういやそうだったわ。……ん？　なあ、アイツ戦う前からダメージ受けてね？」

「あっ、ホントだ」

フランクリンに言われて気づいたが、【カモフラーゴン】はＨＰが半壊していた。

それが理由なのかはわからないが、【カモフラーゴン】の目は俺たちの姿を捉えていたが襲ってくる様子がない。

「（ク、クソ……！　まさか逃げた先にも人間どもがいたとは……！　なんで俺がこんな目に！　ただ人間《エサ》を食おうとしただけじゃねぇか！）」

「あー……なるほど」

これはあれだな。【ランダムイベント】だな。

ダンジョンＲＰＧでは、キャラの性格によって就ける職業が決まっているケースがある。

例えば侍になるためには性格が善か中立でなければならないとか、忍者になるためには悪じゃないとダメだとか、そんな感じだな。

で、ほとんどのダンジョンＲＰＧでは、あとから職業を変えたくなった時のため、後天的に性格を変更するシステムが用意されている。

ちゃんと取り返しがつくよう救済措置がある訳だ。

で、そのシステムの代表が『一定確率で中立的な敵とエンカウントする』というものだ。

ダンジョンでレベリングしているとたまに襲ってこない敵と遭遇し、そいつらにどういう対応をするかによって性格が変わる……みたいな感じだな。

【アヘ声】にもそれと似たようなシステムが存在しており、それこそがこの【ランダムイベント】だ。

要するに、俺が問答無用でこのモンスターどもを殺せば【善行値】が減り、見逃せば増える、という訳だな。

【アヘ声】では特に【善行値】によってクラスに制限が掛かるわけじゃないが、【善行値】はエンディングに影響するので、そのための救済措置ってわけだ。

まあ俺は主人公じゃないので、別にエンディングがどうとか気にする必要はない。

ただ、それはそれとして、この世界では【善行値】が低いと当然の如《ごと》く他人から信頼されなくなるんだよな。

というのも、【ミニアスケイジ】で真っ当に暮らしている人間には身分証明書として普通に役所から住民票が発行されてて、各種手続きや、稀《まれ》に買い物の時とかにもこの住民票を提示する必要があるんだが……。

実を言うと、この住民票に持ち主の【善行値】を表示する機能が付いている。

まあ『勇者の封印を守るための都市』という建前上、この都市に変な奴《やつ》を住まわせる訳にはいかないんだろう。

つっても、そのせいで『住民票を担保に闇金から金を借り、そのまま返済できずに非合法な奴隷として闇市に売り飛ばされる』なんてことが横行してたりするらしい。

しかも、住民（※書類上は一般住民）が住民票の付属品扱いで闇市に売られており、悪人が堂々と【ミニアスケイジ】に拠点を構えるのに使用されている、みたいな問題が起こってたりするようなんだが……。

まあそれはともかく。

俺は店を経営しているため、不用意に【善行値】を減らす訳にはいかない。

数値が高いほど真っ当な経営者である証《あかし》にもなるからな。

そう、【善行値】を減らす訳にはいかない。いかないいんだが……。

実はこいつらもそこそこ良いアイテムをドロップするので、ぜひともここで倒しておきたいんだよな。

じゃあどうするか。

「みんな、【様子を見る】ぞ」

【善行値】が増減しない選択肢を選び、モンスターどもがあちらから襲ってくるのを期待するしかない。

「おいおい、どうしたんだ大将!?」

「やー、てっきり『殊勝な心がけに免じて楽に殺してやろう』くらいは言うものかと……」

「まさか熱でもあるんですか!?」

「も、申し訳ございません！　回復役を任せていただきながら、ハルベルト様の不調に気づけませんでした！」

「どうせ新しい儀式でしょ。そんなことしてもドロップ率は上がらないっていつも言ってるじゃないか」


君たち酷《ひど》くない？？？　俺の行動には全て意味があるんだが？？？

【アヘ声】だと、【様子を見る】を選択した際にモンスターが『襲いかかってきた！』となる確率と『逃げ出した！』となる確率は、いついかなるときでも半々だった。

しかしこの世界は現実だ。

逃げるかどうかの判断をするのはゲームの仕様ではなくモンスター自身だ。

「だったら、物理的に逃げられなくしてしまえば、こいつは諦めて俺に襲いかかってくるしかないって寸法だ！　おらっ、囲め囲め！」

「なんだ、やっぱりいつも通りじゃないか」

「(ひっ……!?　な、なんだこいつら!?　さっさとどっか行けよぉ！)」


……襲ってこないな。思わず眉間にシワが寄ってしまう。

【フェアリー】どものようなわかりやすいクソモンスターなら【善行値】が減らないので、問答無用で抹殺してやるものを……。

「(ひぃぃぃぃぃぃ!?　な、なんだ、あのゴミでも見るかのような冷たい目は!?　人間がモンスターを見た時にするような目じゃねぇぞ!?)」

この後は新しい狩り場に行ってトレハンという名のお楽しみの時間なんだ。

さっさとかかって来いってんだよ。

「(ば、化物だ……！　もうダメだぁ！　俺はここで死ぬんだぁ！)」

「なんだこいつ……」

思わず呟《つぶや》きが漏れた。【カモフラーゴン】がいきなり木の幹から落下したかと思うと、頭を垂れるかのように地面に伏せたからだ。

あまりにも隙だらけなので反射的に首をはねそうになったぞ。

「や～、大将さんが威圧するからじゃないですかね……」

「【威圧】？　そんなスキルは使ってないが」

「そういうことじゃないんですけど……」

【威圧】はパーティの平均レベルよりも弱いモンスターが一定時間出現しなくなる効果を持つアクティブスキルだ。

もちろん俺はこの世界に来てから一度も使ったことはない。

モンスターは見つけ次第殲滅《せんめつ》して経験値になってもらわないといけないからな！

「えぇ……どうすんだよ大将。あいつ、どう見ても戦意喪失してやがるぜ」

「……仕方ない。奥の手を使おう」

「見逃してあげるって選択肢はないんですね……」

これは【アへ声】では使えなかった手段なので、【善行値】がどのように変動するか未知数なんだよな。

まあいずれ検証するつもりではあったから、いい機会だと思っておくことにしよう。

「おおっと！　うっかり【匂い袋】を落として地面にブチまけてしまったー！」

「これが【善行値】がどうとか言ってた人のやることですか？？？」

【匂い袋】の中身を誤って吸ってしまわないようルカが馴《な》れた手付きでガスマスクを装着するのを確認しつつ、【カモフラーゴン】の方に視線を向ければ、奴らは先程までの様子が嘘《うそ》のように戦意を取り戻したらしかった。

「（ヒィハァー！　犯《や》らせろぉぉぉぉぉ！　俺の子を孕《はら》めぇぇぇぇぇぇ！）」

「よし！　敵は殺《ヤ》る気のようだ！　総員戦闘態勢！」

「……いつも思うけど、【匂い袋】の中身の白い粉って何なんだろうね」

俺を素通りして後衛に襲いかかろうとしたモンスターどもを押し留《とど》め、カウンターで盾を顔面に叩《たた》き込んで怯《ひる》ませておく。

「（ぎょえ――――っ！）」

そしてその間に皆で袋叩きにすれば戦闘終了である。

まあレアモンスターであることと強いモンスターであることはイコールじゃないからな。

「【善行値】は……なんだ、減らないのか」

「主と一緒にいると、モンスターのボクですら『善悪とは何なのか』考えさせられるね」

襲ってきたモンスターを返り討ちにした扱いになったのか、それともこいつが羽虫どものようなクソモンスターだったのか。

そのへんは後日また検証するとして。それよりもレアアイテムだよ、レアアイテム！

「なあ、モニカちゃん。生まれた時から当たり前のように【善行値】が存在してたから考えもしなかったけどよ、これって誰が増減させてるんだ？　判定ガバガバじゃねぇか」

「私も考えたことないですね……。ただ、いつだったか大将さんがぼやいてましたよ。

『【善行値】が40から上がらない』って」

「……ああ、うん、まぁアレ見たら善人判定も躊躇《ためら》うわな。てか、実は【善行値】を管理してる奴も困ってるんじゃないのかこれ？」

「やー、そこんとこどうなんですかねエル様？」

「いえ、その、わたくしはハルベルト様にお仕えする僕《しもべ》にすぎませんので……」

後ろでモニカたちが何やら話してるのが聞こえてくるが、まあたぶんただの雑談だろう。

それよりも今はレアアイテムだ！　落とすのか!?　落とさないのか!?

「……………うーん、落とさなかったかあ」

「意外。もっと落ち込むかと思ったのに」

「そりゃあ、今の俺には【蘇生薬《そせいやく》】があるからな！！！」

「うわ出た、いつもの拷問か」

拷問とは失礼な。

アイテムをドロップするまで【戦闘不能】から回復させるだけじゃん。

そのために最大火力でブチのめすのではなく、ジワジワ袋叩きにした訳だしな。

いつもみたいにオーバーキルしてしまうと死体も残らないし。


「さあて、【カモフラーゴン】。一緒に来てもらおうか」

「（や、やめろ！　俺に乱暴する気か!?　オークみたいに！　オークみたいに！）」

「安心しろ、ちょっとＨＰ０と１の間を何度か反復横跳びするだけの簡単なお仕事だ」

「（い、イヤだ……こっちに来ないでくれ……」）

「なに、なるべく痛みがないように配慮はするし、用が済んだら解放するさ。なぜって、殺しちまったらレアアイテムの入手先が減るからな！」

「（やだぁぁぁぁぁ！　尊厳破壊されちゃううううう！）」

「ひっでぇ絵面だな……」

「完全にモンスターと人間の立場が逆転してますね……」

「恨むならレアドロップとかいう仕組みを作った奴を恨むんだね」

「わたくしを見ないでください……ハルベルト様のような方がいらっしゃるなんて思って

もみなかったのです……」

俺は【カモフラーゴン】を米俵みたいに担ぐと、他のモンスターが【匂い袋】につられて押し寄せてくる前に別の場所へと移動するのだった。

《裏》

「クソが、手間取らせやがって！」

【狂人】がモンスターどもを袋叩きにし始めた頃、そこから少し離れた場所では、とある青年が激しく舌打ちしながら走っていた。

パーティメンバーを整った容姿の女性冒険者だけで固めたその青年は、アーロンがかつて『リーダー』と呼んでいた人物である。

青年が地面を踏みしめる度に、派手な装飾品がジャラジャラと品のない音を立てるが、それがモンスターどもを呼び寄せる様子はない。

そのあたりの対策がしっかり取れているのは、腐っても上位冒険者といったところか。

「あぁ!?　ンだよ、あのクソ野郎どもは!?」

やがて、青年は目的のものを発見した。苦労して半殺しにしたにもかかわらず、隙を突かれて逃げられてしまったレアモンスターである。

そして、その周囲には他の冒険者パーティらしき複数の人影が見える。

そいつらに自身の獲物を横取りされたと悟った青年は、瞬時に頭が沸騰し、人影のもとへと駆け寄った。

「おいテメェら！　この俺の獲物を横取りするとはいい度胸だ……な……？」

だが、威勢のいい青年の声は尻すぼみになる。

レアモンスターばかりに注意を向けていたため、声を掛けてからようやく相手のパーティにキメラみたいな鎧《よろい》の男がいることに気づいたのだ。

「ああ、すみません。このモンスターどもと最初に戦ってらしたのは貴方《あなた》がたでしたか。横取りするつもりはなかったのですが……」

「（あひいいいいい！　逝くううううう！　逝っちゃううううう！）」

「うっ……!?（ゲェ――――ッ!?　【黒き狂人】ンンンンンン!?）」


青年が見たのは、まるでただの作業だとでも言わんばかりの淡々とした様子でモンスターどもを拷問にかける、ブッチぎりでイカれた男の姿であった。

青年の真っ赤だった顔が、一気に真っ青に変わる。

男が手に持っているのは一見すると【蘇生薬】のビンだが、その中身がブチまけられる度にモンスターが獣のように叫びながらのたうち回っていることから、

『ぜってぇ中身は別物にすり替わってんだろ』

と青年はますます顔を青くした。

実のところモンスターは『もう許して』的なことを言っているのだが、モンスターの言葉を理解していない青年にそんなことはわからない。

「いやぁ、ハハッ……わざとじゃないなら仕方ねぇさ……次からは気をつけろよ……？」

「もしかして、貴方がたもこのモンスターが落とすアイテムを狙っておられたんですか？」

「ま、まあ、それはそうだけど……トドメ刺したのはお前なんだから気にすんなって……」

しかも青年の怒鳴り声に対する男の返答はどこまでも理知的であり、それがかえって男の狂気を際立たせていた。

この男がモンスターを甚振《いたぶ》って楽しんでいるところを青年に邪魔されて逆ギレしてくるようなわかりやすいゲス野郎ムーヴをかましてくれたのならどんなによかったか。

異常な状況の中で普通に振る舞える人間など、青年の理解の範疇《はんちゅう》を超えている。

なお、男にとっては『作業のよう』なものではなく、文字通り作業である。

ルカという身近な例があるため、一部のモンスターには意思があるのだろうことは理解しているものの、だからといってこの【狂人】はモンスターの虐殺を止《や》めはしない。

動物にも感情や意思があるらしいことは知っていても、平気で牛や豚を食うし、店の棚に食肉が陳列されてるのを見ても特に感慨を覚えないのと同じである。

他人から見れば拷問にしか見えなくても、男にとっては乳牛から乳を搾るような感覚だ。

あれも『母親から子供を引き離して母乳を横取りする』という、文字に起こすと鬼畜の所業ではあるのだが、そこに罪悪感を覚える人間はほとんどいないだろう。

なんなら乳搾り体験と称し、娯楽として提供している牧場すらあるくらいなのだから。


「少々お待ちを。そろそろレアアイテムの一本目をドロップする頃合いだと思いますので、お詫《わ》びも兼ねて差し上げますよ」

「(こんなの頭がおかしくなりゅううううう！　もう逝かせてえぇぇぇぇ！)」

「うぇっ!?　いや、いい！　気にしないでくれ！　マジで！」


が、そんなゲーム廃人にとっての『価値観《ふつう》』など、現地人である青年が知る由もない。

そも、普通というものは場所によって変わるものである。

この場において、この男は紛れもなくブッチぎりでイカれた奴《やつ》であった。

そんな奴と出会ってしまった青年は、当然この場から一刻も早く逃げ出そうとした。

今ならまだ大勢いる冒険者の一人として【狂人】の記憶に残らないまま逃げられる。

こんな奴から知り合い認定された挙げ句、会う度に絡まれたら命がいくつあっても足りないと思ったからだ。

「……あん？　どっかで見たと思ったら、お前アーロンが元いたパーティ《トコ》のリーダーじゃねーか」

「（空気読めやグラサン野郎ぉぉぉぉぉぉ！！！）」

が、それもフランクリンの一言で頓挫する。

もっとも、これに関しては青年の自業自得だった。

青年が『迷惑料』と称してアーロンからアイテムを強請《ゆす》ってやろうなどと考えなければ、【H&S商会】に行くことはなく、結果フランクリンとの面識も生まれなかったからである。

「ん？　フランクリン、この人のこと知ってるのか？」

「おう。なんかこいつ、以前オレたちの店にアイテムをタカりに――」

「あー!?　アンタ、アーロンの新しいお仲間じゃないかぁー！」

余計なことを言われそうになり、慌ててフランクリンの言葉を遮る青年。

そのせいで青年は完全に【狂人】から個人として認識されてしまったうえ、【狂人】と会話せざるを得ない状況になってしまった。

逃げるタイミングを潰された上に余計なことを言われそうになり、心の中で盛大に逆ギレしてフランクリンにあらん限りの罵倒を浴びせつつ、青年はこの場を穏便に切り抜ける方法を考える。

遠くからこちらの様子をうかがっているパーティメンバーはアテにできない。

彼女らは青年が苦労して口説き落とした仲間（兼ハーレムメンバー）である。

彼女らの前で無様を晒《さら》して愛想をつかされる訳にはいかないため、青年はなんとか自力でこの場を切り抜けなければならない。

「おや、もしかして貴方が以前アーロンとパーティを組んでおられたという……？」

「そーそー！　まっ、なんつーの？　アイツも俺も素直じゃなくてなぁ。『不幸なすれ違い』ってヤツ？　それが重なっちまって、結局最後はケンカ別れしちまったんだ。アイツ元気にしてるか？ってか（アンタと一緒に冒険してて）なんともないのか？」

唯一、この【狂人】との共通の話題であろうというのが理由の3割。

純粋にこの【狂人】の狂気に付き合わされているであろうアーロンの安否が気になったというのが1割。

そして『ぜってぇあのクソ野郎は俺についてあることないこと吹き込んでやがるだろ！』というのが6割で、青年はアーロンを話題にすることにした。

アーロンのせいで【狂人】からヘイトを集めるなど冗談ではない。

相手はフェアリーを絶滅させるために花園が沼地になるレベルの破壊工作を行うような奴（※勘違い）である。『アーロンには誤解されてるけど、俺は本当は良い人ですよ』アピールをしておかないと、何をされるかわかったものではない。

なお、そのアーロンであるが、実はこの場にはいない。

【狂人】が『拷問』を始めようとした時点で『見回りに行ってくる』と逃げたのだ。

相変わらず要領のいい男であった。

「（ん？　『なんともないのか』ってどういう意味だ？……あ、そうか。俺がノーム畑から助け出した後、アーロンは入院してたもんな。その時のことを聞きたいのか）ええ、元気ですよ。まあ少しだけ後遺症が残ったみたいですが」

「こ、後遺症!?（え、なに、どゆこと!?　アーロンの野郎、こいつに後遺症が残るようなことさせられてんの!?　ま、まさか、ダンジョンで手に入ったアイテムの効果を確かめるための人体実験とか!?）」

軽くジャブを放って様子を見ようとした青年であったが、返ってきたのは重すぎるボディブローであった。

あまりにも予想の斜め上すぎる返答を聞き、青年は盛大に顔を引きつらせる。

「いえ、本人は何ともないと言ってますし、日常生活に支障はないみたいですね」

「そ、そうか……（それは『何ともない』って言っとかないと『壊れた玩具《おもちゃ》は廃棄処分だ』ってなるからだろ!?　てか『日常生活に支障はない』なんてのは怪しげな研究者とかの常套句《じようとうく》じゃねーの!?）」

……言うまでもなく盛大に勘違いしているが、青年を責めてはいけない。

というのも、【狂人】がギルドショップで【火炎ビン】をはじめとする【蠍《さそり》の毒針】や【電撃茸《でんげきたけ》の胞子】といった、使い捨ての状態異常付与アイテムを買い漁《あさ》る姿が何度も目撃されているのだ。

この世界ではそれらのアイテムは危険物扱いされているため、そんなものを買い漁る【狂人】はブッちぎりのイカレた奴だと思われているのである。

なぜ【狂人】が使い捨ての状態異常付与アイテムを買い漁るのか。

それは『【スキルスロット】を節約するため』だ。

冒険者が習得したスキルは無制限に使えるわけではなく、【スキルスロット】と呼ばれるものにセットして活性化しないと使えない。

端的に言うと、同時に使えるスキルの数には限りがあるのだ。

そしてスキルスロット節約のために【狂人】が真っ先にリストラしたのが、魔術関連のスキルであった。

使い捨てのアイテムの中には魔術と同じ効果を発揮するものが多いため、アイテムで代用できるものは代用してしまおう、という理屈だ。

だが、そもそも状態異常を駆使して戦うというのは現地人の冒険者からしてみれば異端である。

状態異常付与が必要なモンスターは、基本的に厄介なモンスターばかりだ。

強いモンスターからは逃げて、狩りやすいモンスターを探せばいいだけなのに、わざわざ手間暇かけて厄介なモンスターを狩る意味がわからない。

この世界の冒険者にとっては安全がなによりも優先されるべきことなのだ。

なにより、【狂人】の戦い方はモンスターに対して有効な状態異常が何なのかを把握していないと成立しない。原作知識ありきのチート戦法である。

さすがに【門番】をはじめとする有名なモンスターであれば弱点の研究が進んでおり、

それらに対抗するためこの世界の冒険者も状態異常付与アイテムを使うことはある。

が、いくらなんでもその辺のモンスターにまで使いまくるのは異端である。

ようするに、この世界の人間にとって状態異常付与アイテムはカビ除去剤のような『滅多に使わないけど、使う際は細心の注意を払う必要がある危険物』である。

そんなものを定期的に大量購入していたら『テロの準備でもしてるのか？』と疑われても仕方がないだろう。

そんな疑いを持たれている中でフェアリーの花園が沼地化なんてしたものだから、一部の冒険者やギルドの職員からは完全に『マッドでヤベー奴』というイメージが【狂人】に定着してしまったのだった。

なお、【狂人】になぜ危険物を買い漁るのかと聞いたら、

『清掃業者がカビ除去剤を定期的に購入するのはおかしいことか？』

『それと同じで冒険者がモンスター駆除に使うアイテムを買うことに何の問題がある？』

と答えるだろう。そして、

『清掃業者なのに、落ちにくいからなんて理由でカビを放置したまま、簡単にできる掃き掃除だけして帰るのはどうかと思うだろ？』

などと言い放ち、そのせいでさらに勘違いが加速するのは目に見えていた。

「（なんだこいつ。人のことジロジロ見やがって。オレの顔に何か付いてんのか？）」

「（あの人が例の『リーダー』さんですか。女癖が悪いってお兄ちゃんから聞いてますし、念のため目を付けられないようにしときましょう）」

「（さっさとアイテム落としてくれないかなぁ）」

「（……モンスターが苦しむ姿から目を逸らしてはいけません。この惨状を生み出した元凶は、わたくしなのですからね……）」


そして、ヤバいのは【狂人】だけではない。

青年が【狂人】のパーティメンバーに視線を走らせると、フランクリンは奇抜過ぎるファッション（※世紀末な悪漢の背中から妖精の羽が生えてる）により悪趣味な改造人間にしか見えず。

モニカはローブのフードを目深《まぶか》に被《かぶ》っているので、見た目が怪しげな呪術士であり。

ルカはさきほどから無言・無表情でモンスターへの拷問を手伝っており。

唯一見た目がまともなエルの首には【隷属の首輪】が付いていて、その辛《つら》そうな表情からその境遇が決して良いものではないと容易に想像できる。


誰がどう見ても『悪の秘密結社』とかそういう類いの集団であった。

「すまん今日中にやらなきゃいけないことがあって急いでるからここで失礼するぜアーロ

ンには『辛かったらいつでも帰ってきていいぞ』と伝えといてくれ」

身の危険を感じた青年はそう捲《まく》し立てると、なりふり構わず全力で逃げ出した。

遠くから様子をうかがっていたパーティメンバーが慌ててそれに追従する。

そして、その場にはイマイチ事情が呑み込めていない【狂人】一味が残された。

「うーん……アーロンのこと気にかけてるみたいだし、意外と良い人なのか？」

「いや、そうはならんだろ……」

「女の子を侍《はべ》らすチャラいイケメンなんて信用に値しませんよ。普段は聞こえのいい台詞ばっかり吐いていても、どうせいざとなったら女の子を捨て駒にして自分だけは助かろうとするんですから」

「お、おぉ……そうなのか……やけに具体的だな……」

「……あ、なにかドロップした。ねぇ主、お目当てのアイテムってこれのこと？」

「なにっ!?　でかした！　うっひょおぉぉぉぉぉぉ！　これが欲しかったんだ！！」

「（……そのうちレアアイテムは廃止しましょう……）」

この場にアーロンかカルロスがいれば、状況を理解して腹を抱えて爆笑するなり、頭を抱えて溜息《ためいき》をつくなりした後、誤解を解くために動いたのだろうが……残念ながら今はマイペースなメンバーしかいない。

こうして、めでたく【狂人】一味に新たな風評被害が追加されたのであった……。

閑話

《表》

「じゃあ脱いでくれ、エル」

「た、大将……なにしてんの……!?」

ある日、早朝のことだ。俺がエルと二人で【H&S商会】の倉庫に入ると、それを見ていたらしいチャーリーが乱入してきた。

「なにって……見ての通りだが？」

「そ、そんな……見損なったよ大将！」

「あの、チャーリー様……わたくしは平気ですので……」

「ほら、エルもこう言ってるだろ」

「ダメだよ大将！」

チャーリーはエルを背中に庇《かば》うように俺たちの間へ割って入ると、必死な様子で首を横に振った。

「――そんなキメラみたいな防具をエルちゃんに着せるなんて！」

「そこまで必死になって止めることか……？」

俺たちが何をしていたのかというと、もちろん装備の更新だ。

ダンジョン下層でのトレハンが順調だったので、エルの防具を別のものにしようと思ったわけだ。

今までは回復役に専念してもらってたので、エルの全身を【神官シリーズ】と呼ばれる回復魔術の効果を高める装備で固めてたんだが……。

ダンジョン下層でのトレハンによって、壁役に必要なステータスと回復役に必要なステータスを両立できる装備が揃《そろ》ったからな。

「見ろよ、この装備の数々！」

武器には【モーニングスター】（※トゲ鉄球付き棍棒《こんぼう》）！

盾として【タワーシールド】（※デカい長方形の盾）！

頭装備には【テンプルヘルム】（※バケツみたいな兜《かぶと》）！

胴体装備には【テンプルアーマー】（※十字架マークの鎧《よろい》）！

下半身装備には【カンナギのハカマ】（※巫女《みこ》服《ふく》）！

腕装備には【ナイトガントレット】（※騎士《きし》甲冑《かっちゅう》の小手）！

足装備には【カンナギのゾーリ】（※草履）！

そして背面装備にはいつもの【妖精の羽】だ！

「ダメに決まってるでしょぉぉぉ!?」

……なぜか怒られてしまった。

「えっ、今までそんなこと言わなかったじゃないか」

「そりゃあ、おれたちに貸してくれてる装備品はちゃんと同じシリーズで統一してるし！　なんで大将とエルちゃんだけキメラなの!?」

いや、だって攻撃役とか補助役は必要なステータスが決まってるからな。

特定のステータスだけが上がる装備で全身を固めようとすると、必然的に同系統の装備品を選ぶことになる。

でも、壁役の装備はステータスだけでなく属性や状態異常の耐性が重要だ。

なので、そういったものを満遍なく上げようとすると、様々な防具を装備する必要がある。

「つまり、同じシリーズの装備で全身を固めるんじゃなく、様々な防具をバラバラに装備する必要があるってわけだ」

「普通はここまで多種多様な防具を揃えられないんだけどな……って、そういうことじゃなくて！　こんなカワイイ女のコにさせる格好じゃないよ！」

そうは言っても、モンスターだらけのダンジョンで使うものなのに、見た目とか気にしてる場合じゃないと思うんだが。そんなことより性能を重視すべきじゃないのか？

「そろそろ、おれたちも【服飾屋】を利用すべきだと思う！」

……と、思ったんだが、どうやらそういうことじゃないらしい。

【アへ声】における【服飾屋】は、主人公のキャラメイクをやり直すための施設だった。なので最初に見た目をしっかり作り込んでおけば利用する機会はほとんどなく、せいぜい気分転換に衣装や髪型を変更するくらいのものだったんだが……。

この世界における【服飾屋】は、装備品の見た目を変えることができる施設らしい。

言われてみれば、【アへ声】の公式設定資料集にもそんな感じのことが書いてあったような気がする。

たぶん、装備品を変更してもキャラの見た目が変わらない理由としてそういう設定にしたんだろう。

「【服飾屋】でオシャレができるってのは、冒険者にとって羨望の的というか、ある種のステータスなんだよ?」

「なるほど。見た目に気を遣えるということは、それほど余裕がある冒険者ってことか」

けど、それだと『俺は金持ちです』と吹聴《ふいちょう》してるようなもんじゃないのか？　チンピラとかに絡まれやすくなりそうな気がするけど……。

「一般人が【服飾屋】を利用してたらそうなるだろうね。でも、おれたち冒険者の稼ぎ先はダンジョンでしょ？　ダンジョンで稼げてるってことは、稼ぎが多くなるダンジョンの奥まで攻略を進めてるってことだよ」

「金を持ってることが一種の実力証明になるってことか……」

「冒険者は『舐《な》められたら負け』って風潮があるからね。余計なトラブルを避けるためにも、見た目には気を遣ったほうがいいと思うな。ほら、おれたち兄弟も最初はかなりガラの悪いカッコしてたでしょ？」

ああ、あの『ヒャッハー！』とか言ってそうな世紀末ファッションにはそういう意味があったのか。

てっきりそういう趣味なのかと思ってたが、どうやら違ったらしい。

正直ヤラレ役のチンピラみたいな格好だなとか思ってたけど、よく考えたらそれは漫画やアニメとかでそういうキャラを見慣れてる俺だからそう思うだけであって、この世界の住民からすると普通に威圧感のある服装なのかもしれない。

「今日は定休日でしょ？　いい機会だし、皆で【服飾屋】へ行こうよ。こういう時に行っておかないと、たぶん大将って一生そのままでしょ」

まあたしかに、今まで見た目なんてどうでもいいだろと思ってたのは事実だ。

もしここが【アヘ声】の世界だったら『そんな金があるなら経験値に変えろよ』と断ってるところだけど、この世界ではあまり金の使い道がないからな。べつにケチる必要もないか。

「わかった。じゃあ朝食の時にでも皆に話してみるか」

で、【服飾屋】の利用について皆に話したら、なんとほぼ全員が乗り気だった。

ということは、この世界ではチャーリーの考え方がマジで一般的なんだろう。

まあルカは例外で完全に無関心だったけど、こいつはモンスターだし人間とは価値観が違うからな……。

とまあ、そういうわけで俺たちは全員で【ミニアスケイジ】の中央部にある【服飾屋】へ行くことになったわけだ。

「そういうことなら、案内は俺にお任せあれ、ってな」

案内はアーロンに頼んだ。

アーロンはかつて、ダンジョン下層で活躍する冒険者として【服飾屋】を利用したことがあるらしいからな。

それにしても、【服飾屋】を利用してた人がこんな身近にいたとは驚きだ。

アーロンの装備は最初からダンジョン下層で通用するレベルのものだったし、【妖精の羽】を渡した以外大幅な装備変更をしたことがなかったから、気づかなかった。

「や～、それにしても大将さんと一緒にお出かけするのって初めてじゃないですか？」

「大将ってば、休日は寝てばっかだもんな。これを機にもうちょい外へ出たらどうだ？」

「うん、まあ、気が向いたらな……」

モニカとフランクリンの言葉に適当にボカした返答をしつつ、皆で石畳の大通りを歩いていく。

俺だって、べつに好きで休日に部屋に引き籠もってるわけじゃないんだけどな……。

サッと周囲に視線を巡らせば、相変わらず娼館《しょうかん》やエロ本専門店、ストリップ劇場、果ては自己主張の激しいピンク色のラブホならぬラブ宿屋が乱立してやがる。

どこを見ても視界の端にエロ施設が映るのが、まるで動画の途中で強制的に挿入されるスキップ不可のエロ広告みたいで腹が立つ。

せっかく楽しい気分で街を散策していても、サブリミナルエロ施設に水を差されたような気分だ。

そりゃあそんな施設を大都市の中心街に堂々と建てるんじゃねえよと文句の一つも言いたくなる。

これさえなければ、俺だってもっとファンタジー世界を満喫してたんだけどな……。

「あいよ、到着だぜ」

「えっ、ここがそうなんですか？」

そんなことを考えているうちに、俺たちは目的地に到着したのだが……目の前の建物を見て、モニカは困惑した様子だった。

まあ無理もないだろう。俺たちの目の前にあるのは、屋根からモクモクと煙を吐くぶっとい煙突が三本くらい突き出ている、長方形の平屋だからだ。

しかも、店の裏側にはよくわからない貯蔵タンクのような物や、謎の発電設備のような物まで見える。

見た目は完全に『工場』とか『工房』と呼ばれる物のそれだった。

「まっ、【服飾屋】ってのは通称で、正式名称は【アントニオ錬金工房】だからな。つっても正式名称で呼ぶ奴《やつ》はほとんどいないし、なんなら店主すら【服飾屋】を名乗ってるが」

店の扉を開け放ち、『邪魔するぜ』と言いながら中に足を踏み入れるアーロン。

勝手知ったるなんとやら、といった様子だ。

「中はちゃんと【服飾屋】ってカンジだな」

「おお、マジじゃん」

カルロスの呟《つぶや》きにフランクリンが同調する。

たしかに、【服飾屋】の内装は工場みたいな外観とは裏腹に、お洒落《しゃれ》なアパレルショップといった印象だ。

もっとも、店内に陳列されているのは、町民の普段着みたいな素朴なものから、ファンタジーのキャラが着てそうなドレスと鎧を合体させたようなものまで様々だったが。

「……ああ、アンタか。いらっしゃい」

すると、店の奥から男性のものとも女性のものともつかない声が聞こえてきた。

声の主は、カウンターで気怠《けだる》げに頬杖《ほおづえ》をつき、錬金術の資料らしきものを読む女性（？）だった。

パッと見、緩やかにウェーブした紫色の長髪と、泣き黒子《ぼくろ》が特徴的な美人だ。

紫色のドレスみたいな衣装に身を包んだ姿は色気があり、三兄弟がゴクリと生唾を呑《の》むほどだった。

「やー、久しぶりだなアントニオ」

「その名で呼ぶなよ、ブチ転がされてぇのか？」


まあ女性じゃなく男性なんだけども。

先程と違って一発で男性だとわかるすっげえドスの利いた声が飛び出してきたため、モニカが『ぴぇっ』悲鳴をあげて半泣きになった。

俺としては、いわゆる『原作キャラ』に出会えたうえ、【アへ声】であったのと似たようなやり取りを見ることができて結構テンションが上がってる。

アントニオというキャラは【アへ声】プレイヤーの間でも結構人気があり、【アントニオ姉貴兄貴】と呼ばれて親しまれていた。

それとキャラメイクをやり直せることからも一部のプレイヤーからは【整形の錬金術師】とネタにされてたっけな。

もっとも、彼は普段から『アン』と自称し、『アントニオ』と本名を連呼されるとブチギレて手がつけられなくなるって設定だった。

プレイヤーだった頃の癖でうっかり変な呼び方をしないよう、特に気をつける必要があるだろうな。

「……失礼したわね。アタシがこの店の店主よ。アンと呼んでちょうだい」

アーロンにからかわれてこちらに視線を向けたことで、アーロンの後ろにいた俺たちに気づいたらしい。

アンさんは誤魔化すように咳払《せきばら》いしたあと、この店の説明をしてくれた。

「簡単に言えば、この店は防具の性能を別の防具や衣装にそっくりそのまま移すための施設よ」

アンさんは『実際に見せた方が早いわね』と呟き、壁に掛けてあったドレスに手を触れた。

するとアンさんの手から魔法陣が浮かびあがったかと思うと、次の瞬間ドレスが光に包まれ、ビー玉のような物体に変化した。

「で、これを使えば装備品の見た目を変えられるってワケ。アタシはこれを【服飾玉】と呼んでるわ」

「わっ!? あ、すごい! ホントに見た目が変わりましたよ!」

そしてアンさんがビー玉のような物体――【服飾玉】を指で弾《はじ》いてモニカの方に飛ばすと、【魔術士のローブ】を着ていたモニカが一瞬でドレス姿になった。

「あ、でもヒラヒラしたドレスなのに、重さはローブと同じですね」

モニカは不思議そうに自分の姿を眺めた。

どうやら変わるのは見た目だけで、仕様は元の防具のままらしい。

鎧《よろい》とか重い装備の見た目をドレスに変えたら、着る時にちょっと戸惑いそうだな。

「【服飾玉】は任意で取り外しができるから、防具を変更するだけならウチの店に来る必要はないわ。ただし防具の種類ごとに作る必要があるから、防具が増えた場合は増えた箇所の【服飾玉】を新規作成する必要があるわよ」

ようするに、盾の【服飾玉】は盾にしか使えないので、『盾の性能を持った服』にはならないってことか。

ああ、そういやアーロンが【妖精の羽】を装備した時は普通に背中から羽が生えてたな。アーロンは上半身装備と下半身装備の【服飾玉】はすでに持ってたみたいだが、背面装備の【服飾玉】は持ってなかったんだろう。

「【服飾玉】に変える防具や衣装は店内にあるものを買ってくれてもいいし、ちょっと値段は張るけど新しい衣装のデザインも受け付けてるわ。もちろん持ち込みでもオーケーよ」

「あっ、持ち込みオーケーなのですね」

そういうことは最初に言ってくれよアーロン。俺のコレクションを貸し出せたのに。

「やー、こういうのは他人とは違う衣装を着られることに意味があるんだぜ？　ダンジョンで手に入る防具は普通に市場に出回ってることが多いから、持ち込みはオススメしないぜ」

……と思ったが、持ち込みはあまり人気がないらしい。

まあオンリーワンな衣装を着たいという気持ちはわかる。

俺もゲームでは自キャラの衣装にそこそこだわるタイプだ。

【アヘ声】に限った話ではないけど、レア度が低い衣装とか店売りの衣装とかを自キャラに着せてると、たまにモブキャラとペアルックになってしまって微妙な気分になることがあるんだよな。

なにより、見た目にこだわった方がキャラに愛着が湧き、ゲームをプレイするモチベーションが上がって長く遊んでいられるし。

「まっ、かく言う俺はダンジョン下層で手に入れた【狩人《かりゅうど》のコート】が気に入ったから【服飾玉】にしてるんだけどな。もっとも、こいつは手に入れるのにかなり苦労したから、俺以外に着てる奴は見たことないけどな」

「なるほど。レアアイテムを装備してるってだけでも、冒険者としての実力証明になるってことか」

「とはいえ、俺はレアなケースだぜ。まずは店内で気に入ったデザインの衣装を探してみな。そこから色や細部の装飾なんかを自分好みにリデザインするのがオススメだぜ」

「オーケー。じゃあ今から自由時間ってことにするか。各自好きなように店内を見て回ってくれ」

俺が皆にそう伝えると、カルロスたちはワイワイと騒ぎながら店内を物色しに行った。

俺は笑顔でそれを見送ると、すでに【服飾玉】を持っているであろうアーロンと一緒にカルロスたちを待つことにした。

「……いや、なんで大将まで待ってんだよ」

「えっ、だって俺はもうすでに決めてるからな」

「俺の見間違いか？　大将が持ってる衣装、いつものキメラみてーな鎧にしか見えないんだが？」

「そうだけど……それがどうかしたか？」

「どうしたもこうしたもねーよ。俺の話聞いてたか？？？」

　アーロンはガリガリと頭をかきながら「いや、そんなカッコしてるの大将だけだからある意味オンリーワンではあるけどよ」と言いつつ、呆《あき》れたような目で俺を見てくる。

「いや、これにはちゃんとした理由があるんだよ」

　そもそもの話だが、服装というのは『どこで着るための服なのか』が重要だと俺は思っている。

　ドレスコードという概念があるように、『その場に相応《ふさわ》しい服装』というものが存在しているのは紛れもない事実だろう。

　そこで問題になるのが、『たった今、俺たちが選んでいるのはどこで着るための衣装だろうか？』ということだ。

「………あー、つまり、なんだ？　『ダンジョンで着るための衣装なんだから、ダンジョン攻略が有利になるような見た目がいい』ってことか?」

つまりそういうことだ。

もちろん、カルロスたちは俺とは違ってよく外出するようだし、その際には安全のために防具を着ていくこともあるだろう。

なので、カルロスたちがダンジョンだけでなく街中でも着ることを想定して衣装を選ぶのは構わない。

だが、俺は滅多に外出しないからな。

気分転換に近所を散歩するのがせいぜいであり、その程度なら私服で事足りてしまう。

安全面に関しても、私服ならいわゆる【全裸忍者】状態なので、ステップを踏めばたいていの攻撃は回避できる。

なにより、普段から防具一式を【拡張魔術鞄《まじゅつかばん》】に入れて持ち歩いてるから問題ない。

なら、俺に関しては効能を重視すべきだろう。

「キメラみてーな見た目がダンジョン攻略に有効だって根拠は何なんだよ……」

「気づいてるかアーロン。俺たち、ダンジョン下層にまで到達したってのに、一度も【拘束攻撃】を食らったことがないんだぜ?」

【アヘ声】では、ダンジョン中層からはそれなりの頻度で【拘束攻撃】が飛んでくるようになる。

そして【拘束】状態のままキャラを放置してしまうと、やがてエロゲらしく全裸にひん剝《む》かれて尊厳破壊一直線だった。

だが、この世界ではなぜかそういったことが一切ない。

すでに俺たちは【拘束攻撃】を仕掛けてくる敵と何度も交戦してきたはずなのにだ。

「つまり、モンスターどもの性欲が萎えるような奇抜な格好をしていれば、【拘束攻撃】を防ぐことができるってことだ！」

「奇抜な格好だって自覚はあったんだな……」

そりゃあそうだろう。先程も言った通り、俺はキャラメイクにはこだわるタイプだ。

さすがにキャラ造形の良《よ》し悪《あ》しくらいはわかる。

だが、大量の敵に囲まれた状態で、味方を守る壁役である俺が【拘束】されようものなら、パーティが総崩れになる恐れがある。

この世界はゲームじゃないんだから、ボタン一つでやり直しなんてことはできない。

「だったら、見た目なんかよりも俺と仲間の安全が優先に決まってる」

「あー……それを言われちまうと文句なんて言えねーんだがなー……」

再びガリガリと頭をかくアーロン。

まあ、他の冒険者に舐《な》められやしないかと俺を心配してくれてるのはわかるんだが、俺はこのパーティのリーダーだからな。

俺が舐められるだけで安全を確保できるなら安いもんだろう。

「ルカ嬢とエル嬢からもなにか言ってくれねーか？　つーか、二人も大将と同じ考えだったりしないよな？」

「興味ない」

「いえ、その、わたくしはハルベルト様のしたいようにするのが一番かと……。あっ、わたくしの衣装は、アンさまから説明を聞いた時にはすでに決めておりまして」

一言でバッサリ切り捨てたルカはともかく、エルはすでにどんな衣装にするか決めたようだ。

というか、最初に着てた純白の服をそのまま【服飾玉】にするつもりみたいだな。

聞けば、どうやらあれはかつて勇者と共に戦ってた時の服装だったらしく、一番落ち着くらしい。

「…………じゃあ、せめてこういうのはどうだ？　俺たちパーティメンバーの証《あかし》として、背面装備に全員同じマントを付けるってのは？」

「パーティメンバーの証……？」

「なになにー？　なんの話ー？」

俺がそう聞き返すと、偶然話が聞こえたらしいチャーリーが会話に参加してきた。

……なんとなく棒読みだったような……いや、気のせいか。

「つまり、おれたちパーティのシンボルマークみたいなものを作ろうってこと？　いいんじゃないかな！」

チャーリーはよほど良いアイデアだと思ったのか、大仰にアーロンに賛同する。

そしてチャーリーの声が大きかったからか、他のメンバーたちも『なんだなんだ』と集まってきて、事情を聞くと口々に同意の声を上げていった。

うーん、パーティメンバーのシンボルかあ。

そういうのを欲しがるということは、皆も自分のパーティに愛着とか帰属意識とかを持ってくれてるってことだろうか。

「……うん、いいんじゃないか？」

だとしたら結構嬉《うれ》しいかもしれない。

お揃《そろ》いのマントで仲間と一緒にダンジョン攻略……うん、悪くないじゃないか！

「ちょうど俺たちのパーティもフルメンバーになったことだし、ここらでパーティの制服みたいなのを作ってみるか！」

この世界にやってきてすぐの頃は、こんなに良い奴《やつ》らとパーティを組んでダンジョン攻略ができるなんて思ってもみなかったな。感無量だ。

「それなら、おれたちに相応しいマントがあると思わない？」

「んあ？　んなもんあったっけか？」

「ほら、おれたちが最初にパーティとして成し遂げた、【フェアリークイーン】討伐！その時に入手したマントがあったでしょ？」

「あー……大将が【クイーン】を拷問して手に入れたマントか」

どうやら【女王のマント】のことを言ってるみたいだな。

あれは【クイーン】系のボスモンスターが通常ドロップ枠で落とすアイテムだ。【フェアリークイーン】をレアドロップ枠のアイテムを落とすまでボコってたら、いつの間にか八つくらい手に入れてたんだよな。

通常ドロップ枠のアイテムとはいえ、周回プレイ前提の討伐難易度である【クイーン】系のボスが落とすだけあって、なかなかの性能を誇るんだが……。

ぶっちゃけダンジョン攻略には空中浮遊して罠《わな》を回避できる【妖精の羽】の方が便利だったため、倉庫の肥やしになってたアイテムなんだよな。

「その時はモニカちゃんとエルちゃんはいなかったけど……おれにとっては色んな意味で『始まり』だった出来事だから、やっぱり思い入れがあってさ」

「言われてみれば、オレたちがパーティ組んで最初に戦ったボスが【クイーン】なのか」

「厳密に言えば最初に戦ったボスは【背徳の騎士】だが……アイツは熟練度稼ぎでサンドバッグにしただけだしなー……」

まあ、俺としても【クイーン】討伐に思い入れがないと言えば嘘《うそ》になる。

それまで漫然とダンジョン攻略してた俺が、初めて明確な意志で以《もっ》て戦ったボスだったしな。

というか、【先輩】——いや、アリシアを助けられたってだけでも、十分すぎるほど思い入れがあると言えるかもしれない。

「でも、【女王のマント】も市場に出回ってたりしないのか？」

「いやいや、【フェアリークイーン】なんてやベーモンスターを倒すどころか、実物を見たのも俺たちが最初だろ?」

「まっ、ギルドの図書館に文献が残ってるってことは勇者の時代にも【クイーン】がいたのかもしれねーが、少なくとも現代の冒険者で実際に相対したのは俺たちが最初で最後だろうよ」

【クイーン】系のボスモンスターは他にもいるんだが……と言いそうになったが、なんで知ってるのかと突っ込まれたら困るので黙っておく。

まあとにかく、俺たちの他に【女王のマント】を所持している冒険者は存在しないらしいので、おそらく他の冒険者とペアルックになる可能性はかなり低い、ということはわかった。

「他に意見は……ないみたいだな。よし、じゃあ俺たちのシンボルは【女王のマント】ってことで!」

「……アナタたち、【迷宮狂走曲】だったのね」

と、俺たちの話が纏《まと》まったタイミングを見計らってか、それまで錬金術の資料らしきものを黙々と読んでいたアンさんが声を掛けてきた。

「……【迷宮狂走曲】?」

「……知らぬは本人ばかりなり、ってやつかしら? アナタたち、ダンジョン中層の【階層制覇】を成し遂げたってことで、今じゃすっかり有名人よ?」

えっ、マジか。俺たち、そんな小洒落《こじゃれ》た二つ名で呼ばれてんのか。

なんだか気恥ずかしいような、功績が認められて嬉しいような、複雑な気持ちだ。

「【迷宮狂走曲】……【迷宮狂走曲】かあ……」

「やー、二つ名が嬉しいのはよーくわかるんだがな。それより大将、ウチの倉庫からマントを取ってきてくれねぇか？　パシらせちまってワリィんだが、カルロスたちはまだ衣装を選べてないみたいだし、俺も頭装備の【服飾玉】を作っておきたくてな」

「それくらい気にすんなって。じゃあルカ、エル、行くか」

「あ、ごめん。ルカちゃんは残ってくれない？」

「は？　なに？　ボクに主から離れろって言うの？」

「どうどう、落ち着けルカ」

なぜか一気に機嫌が悪くなったルカを宥《なだ》めながらチャーリーの話を聞くと、どうやらルカに普段着がないのは問題じゃないかということだった。

たしかに、ルカには普段着代わりに【ハンターウェア】を装備してるし、それ以外だと部屋着として適当に購入した薄手の白いワンピースくらいしか持ってないな……。

今まではモンスターだから特に疑問に思わなかったが、言われてみればルカは俺の妹で通してるんだし、年頃の女の子が普段着一着だけってのも変な話だよな。

「……や～、大将さん？　あれってワンピースじゃなくて寝間着ですよ？」

「マジか」

どうやら俺がワンピースだと思ってたのは、地球で言うところのネグリジェだったらしい。

……うん、それはたしかに問題しかねえな！

「……すまん、ルカ。俺には女の子の服を選ぶセンスがないみたいだ。モニカ、代わりに選んでくれないか？」

「えっ、ボクは服なんていらないんだけど？　そもそもの話、服っていうのは人間が体温調節のために着るものなんじゃ――」

「いいから服を着てくれ！　頼むから！　俺のためだと思って！」

「えぇ……やっぱり人間ってのは度し難いなぁ……」

今ならまだ『知らなかった』で済むが、このまま新しい服を買わなかったら俺がネグリジェ姿の妹を侍《はべ》らす変態になっちまうだろうが！

「そういうわけでモニカ、すまんが俺がマントを取りに行ってる間、ルカを頼む」

「は～い、お任せあれ！　ですよ～」

「早く戻ってきてよね。もしボクを置いてどこかに行ったら――」

「わかってるわかってる、すぐ帰ってくるって！」

何やらドロドロとした雰囲気を醸し出すルカの台詞《せりふ》を慌てて遮り、俺はエルを連れて【服飾屋】を出た。

「ふふ、初めて二人きりになれましたね。デートみたいで嬉しいです」

「通行人がたくさんいるから二人きりではないし、マント取りに帰るだけだろ」

ニコニコと笑うエルに対し、俺は努めて冷たく言い放つ。

いや、だって少しでもエルに気を許したら、あっという間に絆《ほだ》される予感しかしないし。

俺はあれだけ警戒していたモンスターであるルカにすら、気づいたら愛着を持ってしまってる有様だ。

この手の話に関しては、俺は自分を信用してない。

かといって、エルを無理やり振り払うのも難しい。

なぜなら、エルにとって『拒絶』は特大の地雷だからだ。

エルが堕天する最後の一押しになったのが勇者の拒絶だったからな。

原作の描写を見るに、ぶっちゃけ勇者が受け入れていればエルはギリギリ踏みとどまってた感があったし。

もっとも、ガチの聖人だった勇者すら拒絶するレベルでエルの恋愛感はヤバいってことなんだが。

ともかく、優柔不断なラブコメ主人公みたいなムーブをかますのはすっごく不本意なものの、そうするしかないのが現状なんだよな……。

「……あら？」

ふと、何かに気づいた様子のエルが俺の腕を離し、真剣な表情で辺りを見回し始めた。

エルが腕を離してくれたことでホッとしたのも束《つか》の間《ま》、どこかへ向かって走り出したエルを俺は慌てて追いかけた。

「どうしたの？　どこか痛いの？」

「……おかあさん、いないの……」

俺が追いつくと、エルはしゃがんで小さな女の子と目線を合わせながら話をしていた。

「あっ……!?　も、申し訳ございませんハルベルト様……！　黙って駆け出したりして……！」

「それは構わないけど、その子は？」

「それが……母親とはぐれてしまったみたいで……」

どうやらエルは女の子が泣いているのを偶然見つけ、思わず駆け寄ってしまったらしい。

「その、ハルベルト様……無礼を承知でお願いがございます」

「あー……いや、いいって。皆まで言わなくても。泣いてる子をほっとけと言うほど俺は狭量じゃないつもりだ」

「ハルベルト様……！　ありがとうございます！」

俺の言葉を聞いたエルはパァッと明るい笑顔で俺に感謝すると、さっそく泣いてる女の子をあやし始めた。

ええい、くそっ。こういうところがあるから、エルのことを嫌いにはなれないんだよな。

「どうやらはぐれた時は近くの広場で集合することになっていたようです。まずはそこへ行ってみましょう。ね、そこまで頑張れる？」

「うん！」

わずかな時間で女の子を泣きやませ、しかも即行で懐かせて集合場所まで聞き出してしまうエル。

これも天使然とした雰囲気の為《な》せるわざだろうか？

「おかあさん！」

「ああ、よかった！　心配したのよ！」

ほどなくして、女の子の母親が見つかった。

あと数分待って女の子が広場に来なかったら捜しに行こうとしていたらしく、入れ違いにならずに済んでよかった。

女の子の母親は大袈裟《おおげさ》なくらい何度も頭を下げたが、べつに広場まで連れてきただけで大したことはしてない。

エルも同意のようで、お礼は用事があることを理由に丁重にお断りした。

「おねーちゃん、おにーちゃん、ばいばーい！」

「うふふ……バイバイ、もうお母さんとはぐれちゃダメよ？」

「気をつけて帰るんだぞ」

別れ際、元気にブンブンと手を振る女の子を見て、エルは自分のことのように嬉しそうにしていた。

ホント、勇者さえ絡まなければ、ただの優しくて善良な女の子なんだがなあ……。

「ハルベルト様、わたくしの我儘《わがまま》を聞いてくださり、本当にありがとうございました」

「いや、エルにお礼を言われるようなことをした覚えはないし」

つーか、マジで俺は何もしてないからな。

女の子をあやしたのも集合場所を聞き出したのも全部エルだ。

「というか、こんなの我儘ってほどのもんでもないだろ。今後はちょっとした親切くらいでいちいち俺に許可を取る必要はないぞ」

「うふふっ！　『ちょっとした親切』、ですか。そうですね。わたくしもそう思います」

俺がそう言うと、エルはなぜか嬉《うれ》しそうに笑って俺の腕に抱きついてきた。

反射的に懐の身分証へと伸ばした手を咳払《せきばら》いで誤魔化し、胡乱《うろん》な目でエルを見やるも、エルはますます笑みを深めるばかりだ。

「わたくしたち、とっても気が合いますね」

「そうはならんだろ……」

上気した顔で俺に熱視線を送り始めたエルに、思わず俺はチベットスナギツネのような顔になったのを自覚した。

そういうのは【アヘ声】主人公にやれ、としか言いようがない。

えっ、マジでなんなんだ……？

今の会話のどこがエルの心の琴線に触れたって言うんだよ……？

「やはり、あなた様であればこの剣を使いこなせるかもしれま――」

「いっ……いや、アイテムは自分でトレハンしてこそだから……」

思わず『いらん！』と叫びそうになったのを何とか堪《こら》え、食い気味に、しかしやんわりとエルの提案を断る。

かつてエルが勇者に与えた剣であり、【アヘ声】主人公の専用装備としても登場する【聖剣エンジェルリメイン】のことを言ってるのか。

それとも、エルが自身を主人公に殺してもらうために鍛えた（と思われる）【真聖剣ブレイブリメイン】のことなのか。

どっちのことを言ってるのかは知らんが……。

どちらにせよ、俺にとってはすさまじい厄ネタでしかない。

つーかそんな重要アイテムをポンッと渡そうとするんじゃない！『原作崩壊』ってレベルじゃねーぞ！受け取ったら色んな意味で後戻りできなくなるわ！

「………そうですか」

エルは残念そうに呟《つぶや》くと、掌に展開していた魔法陣をそっと握り潰した。

……魔法陣から見覚えのある剣の柄《つか》が突き出ていたのは全力で見なかったことにした。

つーかエルの奴《やつ》、やっぱりを邪神の力的なやつを持っていることを隠してるだろ……。

「ええい、アーロンたちを待たせてんだから、さっさとマントを取りに戻るぞ！」

俺はこれ以上はマズイと思い、話を打ち切って【H&S商会】への道をズンズンと進んで行ったのだった……。

《裏》

「――まっ、こんなもんかね。今回はこのあたりが落とし所だろ」

【服飾屋】を出ていく【狂人】とエルを見送りながら、アーロンがそう呟く。

それを聞いたカルロスたちは、犯罪者でも見るような冷たい目でアーロンを見た。

「よくもまぁあそこまで口が回るもんだな」

「【イカサマ師】の本領発揮ってか?」

「よせやい照れるじゃねーか」

「褒めてねぇからな?」

【イカサマ師】アーロン。彼が以前のパーティで活躍していた頃からの異名だ。

【狂人】と出会ってからはそんなこともないのだが、実のところ以前のアーロンは素行が悪かった。

ダンジョン下層で稼いだパーティの共有財産を勝手に持ち出し、それを餌に賭けカードを行っていたのだ。

そうして口八丁手八丁でイカサマを仕掛けては、他の冒険者から金を巻き上げていたのである。

とはいえ、それだけが【イカサマ師】という異名の由来ではない。

彼の口の上手《うま》さや手先の器用さは戦闘においても活《い》かされている。

この世界における【物理攻撃力】や【回避率】といったステータスは、『万全な状態での最大値』を指す。

例えば、いくら【回避率】が高くとも、転んだ状態では普段通りに攻撃を避けるのは難しい、といった風に、状況次第では数値以下の動きしかできない場合もある。

つまり、アーロンはそういった『相手が自身のステータスを発揮しきれない状況』を作り出すことを得意としているのだ。

まるでステータスを無視するかのような、インチキじみた戦法の数々。

それこそが、彼の異名の由来なのである。

「それはそれとして、助かったよアーロン」

「おいチャーリー、このクソ野郎に借りを作るのはやめろ」

「後で何を要求されるかわかんないぜ」

「やー、今回は何も要求しないって。俺は俺で目的があるからな」

で、そんなアーロンが今回【狂人】を舌先三寸で丸め込むことになったのは、チャーリーに頼まれたからであった。

「だって、エルちゃんが不憫《ふびん》すぎて見てらんないもん」

チャーリー。眼光は鋭く四白眼、ケツアゴの筋肉達磨《きんにくだるま》という厳《いか》つい見た目に反し、趣味は裁縫と料理で可愛《かわい》いものに目がないというギャップの塊みたいな男である。

最近では【狂人】一行のオカンと化しており、【H&S商会】の居住スペースでは猫の刺繍《ししゅう》がされたエプロン（※自作）を着けて家事をするチャーリーの姿が日常風景となっている。

……この男、よくよく考えればかなり突っ込みどころが多いのだが、【狂人】のインパクトの前では霞《かす》んでしまうらしく、【狂人】一行の中では誰も気にする者がいない。

「エルちゃんみたいなカワイイ女のコがキメラだなんて、人類の損失だよ！」

そんな彼にとって、【狂人】のエルに対する扱いには不満しかなかった。

文字通り人外の美貌を持つエルがどんどんキメラみたいになっていくのは、可愛いもの好きとして許容できなかったのである。

そうでなくとも、チャーリーは【狂人】一行のオカン役として『女性にあんな罰ゲームみたいな格好をさせて外に連れ回すべきではない』と思ったため、【狂人】が【服飾屋】を利用するように誘導したのだ。

ちなみに、誘導には、アーロンだけでなくルカとエルを除く全員が協力している。

エルが可哀想《かわいそう》かはともかく、【狂人】の見た目を何とかしたいのは彼らの総意である。

誰だって自分が所属している組織のトップには、見た目に気を遣って欲しいものだ。

しかも、彼らはかつて絵本で読んで憧れた勇者の姿を【狂人】に見いだしている。

なので、彼らは【狂人】がいつか勇者のような格好良さを発揮してくれることを、ほんのちょっぴり期待しているのだ。

もっとも、彼らもそれが望み薄なのは理解しているので、『せめて見た目くらいはもうちょっと何とかしてくれないかなぁ』というのが本音であるのだが。

「……で？　またテメェは何を企《たくら》んでんだ？」

「やー、人聞きが悪いこと言わないでくれよ。大将の見た目がアレだと俺たちの品性まで疑われるから、少しずつ改善するよう働きかけようってだけだぜ？」

わざとらしく肩を竦《すく》めてみせるアーロンに対し、カルロスとフランクリンはさらに胡乱な目を向ける。

カルロスたちはアーロンを信頼しているものの、それはあくまでダンジョン攻略の仲間としてであり、普段の言動については欠片《かけら》も信用していないのだ。

「や～、意味深なコト言ってますけど、どうせ大したこと考えてませんよこの顔は」

「そうなの？」

……が、少しだけ険悪になりかけた雰囲気は、呑気《のんき》な声によってすぐさま霧散した。

隙あらばそのへんの服を適当に購入してさっさと主のもとへ行こうとするルカをなんとか宥《なだ》めすかし、試着室に押し込むことに成功したモニカが、一息ついたといった様子で会話に参加してきたのだ。

「お兄ちゃんってば、昔からパーティメンバー全員でお揃《そろ》いのマント着て冒険するのとか、そういうのに憧れてて——痛い痛い痛いギブギブギブ！！！」

なんとなしに兄の黒歴史を暴露した妹へ速攻でアイアンクローを食らわせに行ったアーロンを見て、カルロスたちの視線が残念なものを見た時のそれに変わった。

「……ふーん？【イカサマ師】だなんて大それた異名で呼ばれてるアンタでも、意外と『少年の心』は忘れてないものなのね」

「……勘弁してくれ」

さらに、それまで我関せずといった様子だったアントニオまでもが会話に交ざってきたため、不利を悟ったアーロンは苦虫を噛《か》み潰したような表情になる。

アントニオの口元に浮かんだニヤリとした笑みからは、いつもは周囲をからかってばかりのアーロンを逆にからかってやろう、という気持ちが見て取れたからだ。

「前のパーティにいた頃のアンタは、思春期の少年みたいに斜に構えてたってわけ？　アンタにそんな可愛げがあったなんてビックリだわ」

「あー、降参だ降参！　この話は終わりだ！」

「あっ、ズリィぞ！　逃げんな！」

「……ウチの奴らが迷惑をかけてすまん」

「いつもなら騒がしい客は摘《つま》み出してるけど、今日は機嫌がいいから許してあげるわ」

ドタバタと店内を駆けるアーロンとフランクリンを見て、アントニオは微《かす》かに笑った。

カルロスにはその笑みの理由はわからなかったが、アーロンは意外と顔が広いので、アントニオともそれなりの付き合いなのだろう、と納得することにした。

「おら、テメェら当初の目的を忘れんじゃねぇ！　さっさと何を買うか決めねぇと大将とお揃いになるかもしれねぇぞ！」

そんなことを考えているうちにモニカとチャーリーも巻き込んだ騒ぎになりかけていたため、カルロスは最悪の脅し文句で彼らを止めに掛かった。

それを聞いてピタリと動きを止めた彼らを見て、アントニオは改めて【狂人】が置いていった持ち込みの防具を見た。

「……ま、たしかに。これ着て徘徊《はいかい》してるのはヤバいとしか言い様がないわね。もしアタシがモンスターだったら、どれだけヤる気満々だったとしても出会った瞬間に萎えるわ」

【服飾屋】の店主から見ても、【狂人】が考えるモンスター除《よ》けの策は効果覿面《こうかてきめん》のようだった。


で、彼らの言う【狂人】が現在どうしているのか、だが。

「うふふ……」

親とはぐれた少女を送り届けた後、なぜかエルと腕を組んで歩くはめになっていた。

【狂人】の腕を抱き、時々横顔を見上げてはニコニコと笑顔になる。

それが気になって視線を向けた【狂人】と目が合うと、本当に嬉《うれ》しそうに笑うのだ。

そんなエルの様子に、【狂人】の脳内は『?』で埋め尽くされていた。

それはそうだろう。【狂人】からしてみれば、何もしてないのに勝手にエルの『好感度』が目に見えて上がっているのだ。

もしかしたら【隷属の首輪】にそういう効果でもあるのか、と奴隷商人の所まで聞きに行こうかと検討するくらいには意味不明だと思っているのである。

では、どうしてエルが【狂人】に好意を寄せ始めたのか。

それは、【狂人】が自分でも気づかないうちにエルとパーフェクトコミュニケーションを取ってしまっているからに他ならない。

実は、さきほど少女を親のもとまで送り届けた際、【狂人】は礼として金銭を差し出されていたのだが、当然のようにそれを断った。

それは『迷子を送り届けただけで金を貰《もら》うのもなあ』という日本人的な価値観によるものであり、本人にとっては常識に基づいた行動なのだが……。

当然ながらこの世界の常識と【狂人】にとっての常識はイコールではない。

この世界の常識では、『親とはぐれた子供が翌朝には奴隷市場に並んでいる』などというのは珍しくもなんともないのである。

そのため、親は子供とはぐれないように徹底するし、万が一はぐれてしまったらそれはもう必死になる。

どれくらい必死になるかというと、目の前で我が子が足を滑らせて川に落ちたのを見てしまった時と同じくらいには。

ようするに、この世界においては迷子を届けるだけでも『子供の命を救った恩人』とされるため、金銭を受け取ることは何らおかしなことではないのである。

にもかかわらず、【狂人】はさも当然のように『ちょっとした親切』と言いきり、しかも建前とかではなく本気でそう思っているのだ。

それはもはや善人という次元の話ではない。この世界の基準だと、本物の聖人か、下手をすると天使の価値観に片足を突っ込んでいるレベルである。

そんな【狂人】の善性（※当社比）を実際にその目で見たことにより、【狂人】はエルの性癖に今度こそ完全にブッ刺さったのだ。

とはいえ『性癖に刺さったから』というだけでエルが【狂人】に好意を抱いたわけではない。

【狂人】はエルのことをいわゆる『チョロイン』じゃないかと疑っているが、実際のエルはかなり面倒くさい考え方をしている。

エル好みの善性を持っていることは大前提であり、重要なのは彼女とどのようなコミュニケーションを取るかなのだ。

まず、エルのことを全肯定するのはアウトである。

エルは自身が私利私欲ために世界を危険に晒《さら》す悪であるという考えが強い。

そのため、彼女の所業を『君はそういう恋愛観をしているのだから、君が世界を危険に晒してしまうのは仕方のないことだ』と肯定してしまうと、彼女から返ってくるのは強い拒絶だろう。

かといって、エルのことを全否定するのも駄目だ。

そうすると彼女は『やはり自分には勇者しかいないのだ』と完全に勇者以外の人間に対する好意をなくし、より勇者への執着を深めることだろう。

また、彼女の所業を知ったうえで、最初から彼女の在り方を受け入れて純粋な好意を向けるのもアウトだ。

エルは『自分のような存在が好きになってもらえるはずがない』という意識が強い。

なので、いきなり自分にとって都合のいい男性が現れても一切信じないどころか、逆に警戒して遠ざけようとしてしまうだろう。

では、そんなエルに対し、【狂人】はどのように接してきただろうか。

【狂人】はエルが勇者の魂を手に入れるためにしてきた所業の数々をして『危険人物だ』とバッサリ切り捨てている。

かといって、エルの善性については否定していない。

善いところは善い、悪いところは悪いと認めているのである。

それは日本人特有のどっちつかずな態度とも取れるが、そもそも人間の性格は『善』と『悪』のどちらかで説明できてしまうほど単純なものではないだろう。

それは人外とて同じこと。

少なくともエルからしてみれば、【狂人】がエルに何かしらのレッテルを貼ったりせず、エル個人をしっかり見てくれているように思えたのである。

そして、【狂人】のエルに対する心情は複雑だ。

エルに好意がないわけではない。

今でこそ【先輩】が一番の『推しキャラ』であるものの、【狂人】が【アヘ声】をプレイし始めた頃――すなわち、作中でエルの所業がまだ明かされていなかった頃は、【先輩】ではなくエルが一番の『推しキャラ』だったのだ。

つまり、エルが勇者とは関係ないところで普段通りに過ごしている分には、【狂人】にとってエルはかなり好みの女性なのだ。

が、その『勇者に関係あるところでのエル』がやはり地雷すぎた。

【アヘ声】主人公を自身の分身と思ってプレイしていた【狂人】にとって、エルの所業はなおさらショックだったのである。

そのせいで、エルに対する【狂人】の心情は『複雑骨折』しているのだが……。

そのおかげで、エルは【狂人】が『自身に（複雑ではあるが）好意を抱いている』という事実をすんなりと信じることができたのだ。

このように、【狂人】は普段から図らずもエルとパーフェクトコミュニケーションを取っていたため、エルは現時点でかなりの好意を【狂人】に寄せているのである。

「(………これでダンジョン攻略中も格好よかったら最高なのですが………)」

……もっとも、相手を完全に好きになりきれていないのは、【狂人】だけでなくエルも同じであるのだが。

【狂人】がエルをパーティに加入させた当初、彼女の脳裏に描かれたのは、かつて勇者と共に駆け抜けた戦場である。

光を圧縮して作られたかのような白き聖剣を掲げ、大空の化身のように澄んだ蒼《あお》色の聖《せい》鎧《がい》を身に纏《まと》ったその威光。守るべき人々をその背に庇《かば》い、一歩も退《ひ》かずに敵を討つその勇姿は、いまでもエルの目に焼きついている。

そんなかつての勇者のように、とまではいかないまでも、彼を想起させる男性の隣で再び世界のために戦えるのならば、それはどれほど幸せだろうか。

自身にそんな資格はないと思いつつも、エルはこれからの冒険者生活への期待に胸を膨らませていたのだ。

『ハハハハハ！　経験値！　金！　宝箱ォ！』

『効かんなあ！　その程度の攻撃、屁《へ》でもないぜ！』

『これぞ【湿布】！　鉄壁の守りだあ！』

……が、蓋を開けてみればこのザマである。

聖剣どころか、武器すら持たず盾を両手に装着してブンブン振り回し。

聖鎧どころか、全く統一性のない寄せ集めのキメラみたいな防具で身を包み。

守るべき人々を背に庇うどころか、ホバー飛行のように地面から数㎝浮いてヌルヌルと移動しながら、味方の周囲を高速でグルグル回って全包囲の攻撃を弾《はじ》く【狂人】の姿は、控えめに言ってとても気持ち悪かった。

期待してた分だけ『コレジャナイ感』による落胆は大きく、エルの目は死んだ。

日本人にもわかりやすいように言えば、『親がクリスマスに欲しかったゲームソフトを買ってきてくれたと思ったらパチモンだった』かのような心境である。

もっとも、エルは【狂人】に捕まるまではコイツを監視しており、そのイカレっぷりを嫌というほど知っていたはずなのだから、そもそもそういうのを【狂人】に期待する方が悪いのだが。

「(……あれ？)」

ふと、エルは【狂人】が自分の役割を『サブタンク』と言っていたことを思い出した。

【狂人】によれば、エルの役割は普段は回復役として味方を癒やしつつ、【狂人】が万が一行動不能になった時は代わりに壁役として味方を庇うことである。

「（つまり、緊急時にはわたくしも同じことやる、ということでは……？）」

正解である。

なんなら、さっきまで装備品もキメラになるところだった。

【狂人】のように低空飛行して味方の周囲をグルグル回る自分を想像してしまい、エルは気が遠くなりかけた。

これが私利私欲で世界を滅ぼそうとしたことへの天罰なのだろうか？　と、どこぞの【門番】と似たようなことを考えるエル。

もしもこの世界の神が聞いていたら『風評被害も甚だしい』と憤慨していたことだろう。

いくら神とて、どうせ与えるならこんなギャグにしかならないようなイカレた罰ではなく、もっとシリアスでまともな罰を考えるはずである。

「……お、おい。いきなりどうした？　体調でも悪いのか？」

「（あぁ、もう、本当にどうしてダンジョンではあんな感じなのですか！）」

複雑な感情を向けている相手の体調すらも気遣う【狂人】を見て、エルは本気で『惜しい』と感じた。

せめてまともな格好をしてくれれば……と思わざるを得ない。

もっとも、見た目がよくなったところで【狂人】の中身が変わるわけではない。

むしろ格好いい鎧《よろい》をパージしたら中からブッちぎりでイカレた奴《やつ》が出てくるとか、詐欺にもほどがあるだろう。

それならいっそ最初からブッちぎりでイカレた奴だとわかる方が良心的である。

「(奇行さえなければ、理想の『勇者』ですのに……)」

「(勇者さえ関わらなければ、マジで『天使』なのに……)」

ある意味似た者同士な二人は、存外に相性がよいのでは？　と感じさせる一幕なのだった……。

第5章

《表》

「よし！　【迷宮狂走曲】、出陣だ！」

「大将ってば、その二つ名がすっかり気に入っちゃったみたいだね」

装い新たにダンジョンへと降り立った俺たちは、ぶち上がったテンションのままにマントをバッサバッサさせながらモンスターどもを薙《な》ぎ倒していた。

うむ、倉庫の肥やしの時には何とも思ってなかったんだが、こうして俺たちのシンボルとして改めて見ると、中々に格好いいマントじゃなかろうか。

形状としてはルカが普段羽織ってるマント（※【狩人《かりゅうど》】用の上半身装備である【ハンターウェア】の一部）と似ていて、色も同じ黒だ。

ただし【ハンターウェア】のマント部分とは材質が違い、高級感溢《あふ》れる光沢がある。

また、【女王のマント】には王冠のような紋章が大きく描かれているのもポイントだ。

「嬉《うれ》しいのはわからんでもないが、そろそろ気を引き締めろよ」

「わかってるって！」

カルロスのため息に笑顔で返すと、俺は改めて現状を確認した。

今回のパーティメンバーは、俺、ルカ、カルロス、チャーリー、モニカ、エルの六名だ。

そして現在地はダンジョン下層35階の最奥。

そこからさらに奥へと進んでいくと、それまで探索していた島の端に出た。

ここが36階層に該当する場所の入口となる。

海を挟んだ向こう側には、今まで見てきたものの中で最も巨大な島が見えるが、しかし島の輪郭に沿ってぐるりと囲むように建造された石垣によって中の様子はわからない。

「……なんだありゃ？」

そして、目の前には島に入るための門へと続く巨大な橋があった。

その橋は木造で、丹塗《にぬ》りによる朱色が青い海との見事なコントラストとなっている。

というか、ぶっちゃけ『和風の赤い橋』だった。

……うん、まあ、やはり初見だと意味がわからないな。


「止まれぃ！！！」

「ピィ!?」

突然、ビリビリと空気を震わせるような声が響き渡り、モニカが悲鳴をあげる。

声の出処《でどころ》は、いつの間にか橋の前に立っていた人影だった。

そいつは金剛力士像に似た偉丈夫であり、しかし金剛力士像とは決定的に違うところが一つある。

頭がカブトムシだ。


「ここをどこと心得るッ！　これより先は、武士《ムシ》の治める【雄々津国《オオツノクニ》】ッ！　面妖な者どもよ、即刻立ち去れぃッ！！！」

「いやテメェの方が面妖だろ!?」


カブトムシ頭がそう吠《ほ》え立てる。

いちいち阿形《あぎょうぞう》像のポーズと吽形《うんぎょうぞう》像のポーズを交互に取りながら話すのがシュールだ。

あまりにもあんまりな奴が出てきたことで、思わずカルロスがツッコミを入れた。


「面妖……『頭』が『モンスター』なだけに？」

「うるせぇ！　うまいこと言ったつもりかチャーリー！」

「筋肉モリモリ……もしかして、カルロスさんたちのご親族ですか!?」

「筋肉しか共通点ねーだろ！　こんなワケのわからん奴と一緒にすんな！」

「どちらかというと主の親族かな。意味がわからない生き物って点ではそうだと思う」

「ええい、貴様らなにをゴチャゴチャとッ！　さっさと去《い》ねぃッ！」

カルロスたちが漫才をしていたら、カブトムシ頭に追い返されてしまった。

全員が『意味わからん』と宇宙を背負った猫のような表情をしている。

まあ気持ちはわかる。てか俺も通った道だからな。

ダンジョン下層35〜39階層は【雄々津国《オオツクニ》】なる謎の小国で、それぞれの階層が東西南北中央に割り当てられている。

石垣の中には江戸時代のような街並みが広がっており、中には着物やら甲冑《かっちゅう》やらを着こなす人々が住んでいる……のだが。

この住人たち、なぜか頭部だけが虫という異形の人種だ。

そんなのがいきなりドアップで登場したため、多くの【アヘ声】プレイヤーたちの度肝を抜いた。

彼らは【武士《ムシ》】を名乗っていること以外、最後まで一切の説明がなく、なんかそれが当然のように話が進むので、シュールさに拍車をかける。

まあ、あれだ。ＲＰＧによく出てくる『トンデモ国家ニッポン』というやつだな。


とはいえ、そこは【アヘ声】クオリティ。

ここで発生するサブイベントの結末も、主人公の行動次第で陰鬱なものになってしまう。

こんなシュールギャグ全開の場所であってもそれは変わらない。

……つってもまあ、住人の見た目が見た目だし、言動もやたらとコミカルなので、いまいちシリアスになりきれないんだけども。

プレイヤーからは【アヘ声】における数少ない癒やしとして清涼剤扱いだったし。

「なんだったんだ、いったい……?」

「襲ってこなかったし、言葉も通じるからモンスターではないと思うけど……」

「というか言葉が通じるんですね……」

まあゲーム内では言葉が通じることに言及しないけど、よく考えると、

『ダンジョン内に独自の文化を持つ人種がいる』

『それなのに外の人間と言語が同じ』

とか闇が深いよな。プレイヤーの間でも、

『モンスターどもによってダンジョンへと拉致された人間の末裔《まつえい》』

『異形なのはモンスターとの交雑が進んだ結果』

って説が有力だったし。

「あぁ……とうとうこのエリアに到達してしまいましたね……」

「なに? ここもクソ天使が作ったんでしょ。自業自得じゃないか」

「誤解ですっ! わたくし、このエリアだけはノータッチですからね!?」

ちなみに、【アヘ声】のシナリオライターいわく、この国は『ダンジョンの主が匙《さじ》を投げた国』とのこと。

インタビューでは冗談めかしていたが、エルの様子を見る限り、マジでエルでさえ手が

つけられない無法地帯らしい。

「で、どうすんの大将。先に進むにはここを通るしかないんでしょ？」

「ここに来るまでのマップは全部埋めちゃいましたけど、他に道はなかったですもんね」

「……まさかとは思うが、押し通る気じゃないだろうな？」

「なに？　あいつも殺してここも滅ぼすの？　まぁいつものことだね」

「お前ら俺をなんだと思ってるんだ」

いくら見た目が異形だからって、さすがにモンスターみたいな害獣以外は問答無用で殺したりしないって。

てか、俺だって人殺しなんかごめんだぞ。

その点、この世界は楽でいいよな！

HPを0にしてしまえば殺さなくても無力化できるわけだし！

……まあ力加減を間違えると勢いあまって重傷を負わせてしまうだろうから、そもそも人間と戦うこと自体を避けるべきだけども。

「……主、誰か近づいてくるよ。数は3。敵意はないみたいだけど、どうするの？」

そんなことを考えていると、ルカが索敵スキルで何者かの接近を感知した。

おそらく『目当ての人物』だろうと思い、俺は皆に警戒は解かずに武器だけは下ろしておくように言う。

やがて、俺たちの前に奇妙な老人（？）が現れた。

「もし、そこの方々。そんなところでいかがなされた？　なにか困りごとかな？」

「さ、サナギ――――!?」

そいつは一言で言うなら『枯れ木のような手足が生えた蛹《さなぎ》』だった。

杖《つえ》を持つ手はプルプル震えており、何度も腰（に該当する部分）を叩《たた》いている。

……が、その足取りはしっかりしており、只者《ただもの》ではない雰囲気を醸し出していた。

「ご隠居様！　何度も申し上げますが、我々を置いて先に進むのは控えていただきたい！」

「ミイイイイジッ！　御身の安全を確保するのが我らの役目ゆえ！　なにとぞご理解いただきたく！」

「ほっほっほ。いつもすまんのう、透《スケ》さん、隠《カク》さんや」

そして『ご隠居様』と呼ばれた老人（？）の両脇を固めるのは、『コノハムシ人間』と『蟬人間《せみにんげん》』だ。

コノハムシ人間の方は忍者のように真っ黒な装束を身にまとっており、なぜか全身が半透明で向こう側が透けて見えている。

蟬人間の方はふんどし一丁で仁王立ちしており、首に巻いた赤いマフラーが無風なのになぜかバサバサとはためいていた。

「なんだこの『個性の暴力団』は……」


カルロスが顔をしかめて眉間を揉《も》んでいる。

うむ、ナイスリアクション。

わざわざ今回の攻略メンバーにカルロスを入れたかいがあったというものだぜ！

「ご丁寧にどうも。私たちは旅の者でして、ダンジョンの奥を目指しているのですが……」

「門番に通せんぼを食らって立ち往生しておられた、と。なるほどのう」

「ご隠居様！　もしや、この者どもを入国させようなどとお考えなのでは!?」

「ミイイイジッ！　いけませんぞ！　このような怪しい者どもを招き入れようなどと！」

「（うるせぇ）」

「（うるさいです）」

「（うるさいなぁ）」

「（頭が痛くなってきました……）」

「(兄貴からセミはエビの味がするって聞いたけど本当かなぁ)」

セミ人間あらため、隠さんが喋《しゃべ》る度にカルロスたちが微妙な顔をする。

うん、まあ、気持はわかる。

言っちゃ悪いが、この人(?)うるさいよな。

【アへ声】でも、システムウィンドウに表示されるこの人の台詞《せりふ》の文字がデカかったし。

「ほっほっほ。よいではないか、よいではないか。これも世のため人のため……それに、今は味方が多いに越したことはないからのう」

そう言うやいなや、ご隠居はカブトムシ頭のもとへ歩み寄り、何やら会話を始めた。

「……あ、あなた様はッ!?……い、いえ、しかしッ!……ううむ、そういうことでしたら……承知いたしましたッ! しばしの間、この橋を誰も通らなかったことにいたしますッ!」

ご隠居が何を言っているのかはここからでは聞こえないが、カブトムシ頭のデカい声は聞こえるので、話の流れはわかる。

どうやら俺たちが橋を渡るのを黙認してくれるらしい。

「橋守には話をつけておきましたぞ」

「それはありがたいのですが……本当によろしいのですか?」

「なぁに、このくらいはお安い御用ですじゃ。その代わり、あなた方にお頼みしたいことがありましてな。ここで立ち話もなんじゃから、南区にあるワシの家を訪ねてくだされ」

そう言うと、ご隠居は二人を伴ってさっさと橋を渡って行ってしまった。

「……なんというか、マイペースな方たちでしたね」

「というか、オレたちが頼みを無視して先に進むとか思わなかったのかな」

まあ、あれも一種の駆け引きなんだよな。

ご隠居は【アヘ声】だと好々爺《こうこうや》でありながら老獪《ろうかい》な人物だった。

善意で人助けをしつつも裏ではちゃっかり利益を回収してたり、行き当たりばったりに見えて実はきちんとリスク管理してたりするからな。

「あのご隠居が許可したのは『入国』だけだからな」

「入国したら最後、あの爺《じい》さんの『頼み』を聞くまで帰れなくなる、ってか？　出国をダシに脅されたら言うこと聞くしかないとか、完全に罠《わな》じゃねーか……」

「まあ最悪【脱出結晶】で逃げればいいんだが、俺たちの目的は『入国すること』じゃなくて『この国の向こう側にあるダンジョン41階層へ行くこと』だからな。どのみちご隠居の依頼を達成するしかないってわけだ」

ちなみに、ご隠居たちが俺たちを置いてさっさと橋を渡ってしまったのは、たぶん【アヘ声】の時と同じ理由だ。

万が一に備えていつでも俺たちを指名手配できるよう根回しを行うためなんだろう。

自分で案内せず『南区にある自宅に来い』なんてフワッとした指示を出したのも、その時間稼ぎってわけだ。

あと、たしか俺たちがご隠居の家を探す過程でどのような行動を取るのか、素行調査も兼ねていたはずだ。

【アへ声】において透さんは本気を出せばマジで凶悪なステルス能力を発揮していたので、この世界の彼もどこかから俺たちの監視をしていると考えた方がいい。

おそらく本気でステルスを展開されたらルカでも発見できないだろう。

「……で、それを承知のうえで大将はこの橋を渡るつもりなのか？」

「もちろん！」

「……ハァ。まぁ、ここまで来たらそれしかないか」

全員が渋々といった様子で同意するのを確認すると、俺は意気揚々と橋を渡り始める。

そうしてたどり着いた先には、江戸時代の日本に似た街並みが広がっていた。

……まあ、あくまで『似てる』だけだが。

例えば、家屋の屋根は鬼瓦が『真実の口』みたいな顔になってたり。

神社の狛犬《こまいぬ》がシーサーだったり、城の鯱鉾《しゃちほこ》がマーライオンだったり。

挙げ句の果てには、『てなんと募集』だの『かんぱにい』だのと書かれた幟《のぼり》が立ててある五重塔がズラリと並んでる場所があり、ビル街ならぬ五重塔街を形成していたり……。

そんな感じで全体的にパチモンくさいんだよな。

「わ〜！……わ〜……」

とはいえ、元ネタを知らないモニカは、初めて見る和風の街並みに目を輝かせた。

もっとも、その直後に街を行き交う異形の人々を見て死んだ魚のような目になったが。

いや、うん、まあ、そりゃそうなるわな。

虫が好きな人以外はだいたいそういう反応になるだろうし。

「……さっさと行くか」

カルロスに促され、俺はマップを開いた。

うん、今までの階層の中で一番マップが埋まってないな。ほとんど真っ白だ。

アーロンから聞いた話によれば、ここを突破した冒険者パーティは片手で数えられるくらいらしい。

その冒険者たちも、ご隠居からの依頼を達成したらさっさと次の階層に行ってしまったみたいだ。

この世界の冒険者はやはり冒険心がないのでは、と思う。

あとはまあ、いくらダンジョン内とはいえ、勝手に国の地図を作るのは色々とマズいっていうのも白紙の理由なんだろう。

地図はいくらでも悪用できてしまうからな。

「マップが埋まってる箇所は……多少道に迷ったような形跡はあるが、ほぼ一筆書き状態だな」

「ならマップ沿いに進むか。そうすればそのうちご隠居の家に着くだろ」

……そう言うと、なぜか全員から珍獣でも見るかのような目を向けられてしまった。

「……どうしたの大将。変な物でも食べた？」

「『マップを全部埋める』って言い出すかと思ってた」

失礼な。さすがに俺だって自重が必要な時はちゃんと自重するって。

「マップを埋めるのは、ちゃんと国の上層部の許可を取ってからだ」

「……ああ、うん。謝るわ。聞いたオレが悪かったよ」


そんなやり取りをしつつ、街中を進んでいく。

さりげなく周囲の様子を窺ってみると、意外なことに俺たちは大して住民たちからの注目を集めていないようだ。

中には奇異の目を向けてくる住民もいるにはいるが、すぐに興味を失ったように視線をそらした。


「(な、なんじゃ、あの格好は!? か、傾奇者《かぶき》じゃあ！)」

「(目を合わせてはいかん！ 機嫌を損ねて首をはねられても知らんぞ！)」

【アヘ声】と違って変に絡まれたりしないのは、他の冒険者のお陰だろうか。

すでにここを通過した冒険者という前例があることで、冒険者に対する興味が薄れているのかもしれない。

「(頭が虫だから表情はわかんないけど、大将が街の人たちからすんごいビビられてるのはわかるよ)」

「(あー……たぶん俺たちを愚連隊か何かと勘違いしてんなこりゃ)」

うーん、でも誰も絡んでこないってのも変な気分だな。

【アヘ声】だと、この国ではモンスターの代わりにそこそこの頻度で【ツジギリ】とか【ヤクザモノ】みたいな敵とエンカウントするんだが。

こいつらは倒すと稀《まれ》に【ワキザシ】や【シラサヤ】といった和風の武器をドロップする。

ダンジョンRPGでは日本刀が強力な武器として設定されてることが多いが、それは【アヘ声】も同じだ。

なのでぜひとも刀をドロップするまで戦いたいんだが……。

でもまあ、犯罪者っぽい名前とはいえ、さすがにモンスターじゃない敵をボコボコにするわけにはいかないよな。

ここで騒ぎを起こしたらご隠居に警戒されて次の階層に行けなくなるかもしれないし。

最悪、過剰防衛で衛兵に捕まって座敷牢《ざしきろう》にブチ込まれるかもしれないし。

まあ、【アへ声】と違ってこの世界では普通に店が営業してるからな。

他人から奪わずとも普通に鍛冶屋とか探して刀を買えばいいだろう。

この国の貨幣は持ってないが、それに関してはご隠居と交渉して報酬をもらうとか、質屋を探してアイテムを売り払うとかすればいい。

「えーっと……もしかして、あれがそうでしょうか？」

「や～、あっさり到着しましたね。なんか拍子抜けです」

「結構なことじゃねぇか。むしろ今までの道のりが険し過ぎたんだよ」

「大将といると退屈だけはしないからね」

「ボクは退屈してた方がマシだと思うけどね」

色々と今後の予定を考えているうちに、俺たちは大きな店に到着した。

入口に扉がなく、その全面に青い暖簾《のれん》が掛けられてるっていう、時代劇とかでよく見るアレだ。

まあ『これ縮緬問屋《ちりめんどんや》じゃなくて越後屋じゃね？』と思わなくもないんだが、暖簾にはデカデカと「雄々津之縮緬問屋」と書かれてるから縮緬問屋なんだろう。

このへんは【アへ声】で見たのと同じだな。

ここがご隠居の自宅で間違いないだろう。

「………なぁ、本当に行かなきゃダメか？」

「ミイイイイィンッ！　よくぞ参られたッ！」

「うわ気づかれた。見なかったことにして帰りてぇ……」

まあ、店の屋根の上に自己主張の激しい変態がいるから間違えようがないんだけども。

「ミイイイィンッ！　とおうっ！」

隠さんは腕を組んで直立不動の姿勢のまま屋根から飛び降りると、バタバタと派手な音を立てて背中の羽を動かしながら落下。

変な軌道を描いて滑空したかと思えば、壁に激突して背中から墜落し、仰向《あおむ》けのままピクリとも動かなくなった。

「…………」

再びカルロスたちが宇宙を背負った猫のような表情で頭に疑問符を浮かべまくった。

うーん、【アヘ声】プレイ中にテキストメッセージで今の状況が描写された時も思わず二度見したが、実際にこの目で見るとインパクトがありすぎるなコレ。

ちなみに、隠さんが飛び降りた瞬間にチラッと店の入口を確認したが、扉が独りでに開いて即座に閉まるのが見えた。

おそらく、ステルス能力全開で透明人間と化した透さんが中に入ったんだろう。

今ごろ家の中で俺たちを監視した結果をご隠居に伝えているはずだ。

隠さんの奇行はそのアシストというわけだ。

そら目の前でこんな奇行をされたら嫌でも視線が釘付《くぎづ》けになるわな。

アホにしか見えないけど、隠さんもまた透さんと同じく優秀な忍者ってわけだ。


「……あ、あの……大丈夫ですか……?」

「ミヅヅ!!!」

「ぴぃっ!?!?!?」

「心配御無用ッ!　この通り元気爆発であるがゆえッ!」

「蟬爆弾《せみばくだん》なだけに?」

「だから上手《うま》いこと言ったつもりかよ」

「本当に爆発すればいいのに」


……アホにしか見えないけど、優秀な忍者なんだよな。たぶん。

アホにしか見えないけど。

「……しかし貴様ら、何度見ても面妖な格好よなッ!　いったいどこの田舎から出てきた芋武士《イモムシ》なのやらッ!」

「テメェにだけは言われたくねぇよ」

「むう、やはり信用ならんッ!　拙者が見極めてくれるッ!　さあ武器を取れぃッ!」

む、こんなイベントは【アヘ声】にはなかったと思うが……。

まあここに来るまで特に何事もなく、ただひたすら歩いてここまで来ただけだもんな。

【アヘ声】だとランダムエンカウント以外にもＮＰＣとの会話とかがあったんだが、それすらなかったたし。

それで素行調査が不十分だと判断したのか。

「私たちにはあなたと戦う理由がありません」

「ハッ！　臆したかッ！　貴様のような腑抜《ふぬ》けがよく今まで生きてこられたものよッ！」

「（腑抜けどころか【瀕死《ひんし》】状態でも高笑いしてるような人なんですけどね……）」

だって、隠さんと戦っても何もアイテムをドロップしないし。

【アヘ声】でもサブイベントの進め方次第では彼と戦う展開になるが、その場合はご隠居・隠さん・透さんの三人組で襲いかかってくる。

そしてアイテムのドロップはご隠居にまとめて設定されてるので、隠さん単体と戦っても旨《うま》みが全然ない。

おまけにふんどし一丁の忍者というビジュアルに違わず回避率がクッソ高いうえに、

【ウツセミ】（※一定確率であらゆる攻撃を回避）

だの、

【セミファイナル】（※戦闘不能になった際、一度だけＨＰ１で復活）

だの、

【ミイイイイジッ！】（※攻撃のターゲットを自身に集中させる）

だの、鬱陶しい固有スキルを持った害悪タンクなので、マジで戦うだけ無駄なんだよな。

「というか、こんな街中で戦ったら周りを巻き込みますよ？」

「なにを言うかと思えばッ！　無用な心配よッ！　すでに人払いは済ませておるッ！」

「いえ、あなたと戦うとなると広範囲を巻き添えにする凶悪な魔術をブッパすることになりますので、下手するとここら一帯が更地になります」

「えっ」


そりゃあそうだろう。

回避が高い相手には範囲攻撃ブッパが基本だし。

今の俺たちには、隠さんに対する有効打が【サンダーストーム】という広範囲に雷を降らせる魔術しかないので、街に被害が出るのは仕方ない。

おまけに隠さんは固有スキルのせいでしぶといから戦闘が長引くので、何度も【サンダーストーム】を使う必要がある。

ゲームと違ってこの世界でそんなことしたら、降り注ぐ大量の雷によって街が大惨事だ。

いろんな意味で不毛な戦いになる。

「ふ、ふんッ！　ハッタリだッ！　そもそも、そのような術はそう何度も使えるものではあるまいッ！」

「チャーリーがオートMP回復&MP譲渡スキル持ちなので半永久機関です。あと、私たちは全員であなたの攻撃を防いだり妨害したりすることに専念しますので、魔術発動を阻止しようとしても無駄ですよ。なんなら（全身を雷属性耐性ありの防具で固めて）私もろとも【サンダーストーム】でなぎ払うことも辞さないです」

「…………」

チャーリーに頼んで実際に隠さんへとMPを譲渡してみせると、隠さんは黙りこんでしまった。

「……あいわかったッ！　拙者の負けだッ！　疑ってすまぬッ！（街そのものを『人質』とするとは……本気であっても、大言壮語であっても、発想が狂っておる。いかんな、拙者では見極められん）」

「（あぁ、たぶん理解するのを諦めたなこりゃ）」

「（大将の言ってることってだいたい本気なんだよね……）」

「部屋へ案内するッ！　ついて参れッ！（ご隠居様に丸投げしよ）」

どうやら説得は成功したらしい。

不毛な戦いを避けられたうえ、俺たちの印象は、

『それなりの実力者』

『無関係の人を巻き込むことをよしとしない』

というプラスのものになったことだろう！　まさに一石二鳥だぜ！

「(まっ、イカれた奴《やつ》としか思われてないと思うけど)」

……ルカが呆《あき》れたように首を横に振っている。

いや、さすがに本気で【サンダーストーム】をブッパするつもりはないって。

あくまで隠さんが無理やり勝負を挑んでくるようならこちらも応戦せざるを得ない、ってだけの話だ。

モンスターどもの巣窟を壊滅するならともかく、人が住んでる街に被害を出そうだなんて本気で思っちゃいない。

それに、隠さんがそこまで好戦的な性格じゃないってのは原作知識で知ってたから、十中八九説得は成功すると思ってたしな。

万が一説得に失敗しても隠さんには【セミファイナル】があるから殺さずにすむし、街が壊れてもそれは「襲われたら【サンダーストーム】で反撃するぞ」という警告を無視した隠さんの責任だ。

まあそれでも復興の手伝いくらいはするが。

それはともかく。

隠さんに案内されて店の中を進んでいくと、落ち着いた雰囲気の茶室に到着した。

床の間に飾られた『人生楽あり苦あり涙あり』と書かれた掛け軸が妙に印象に残る。

「おぉ、お待ちしておりましたぞ旅の方々」

部屋の中央には蛹《さなぎ》みたいな身体《からだ》を傾けて器用に正座するご隠居と、その傍らで片膝をついて控える透さんがいた。

隠さんがこちらに軽く会釈して透さん同様ご隠居の傍《そば》に控えたのを見て、俺たちも入室していく。

「大した持てなしもできずに申し訳ないのう。ありふれた茶と菓子しか用意できなくてな……」

「いえ、そんなことは。ありがたく頂戴いたします」

「(ふむ、親分らしき男は躊躇《ためら》いなく茶に手をつけるか。警戒心がない愚か者なのか、それとも豪胆であるのか……)」

「(しょせんはここもダンジョンの中だ。ダンジョン産の食いもんは得体が知れねぇから口にしたくねぇな……)」

「(見たところ毒ではないようですが……)」

「(あ、お茶請けおいし～！)」

「(オマンジュ？　だっけ？　オレでも作れるかなぁ？)」

「(栄養価は高くなさそうだね。子豚に押しつけよう)」

「(一方で、子分の方は……うーむ、見事に反応がバラッバラじゃのう。こやつら、どういう集まりなんじゃっけ……？)」

ご隠居に勧められるまま座布団に座ると、俺たちはちゃぶ台を挟んでご隠居と対面した。

そして挨拶もそこそこに、さっそく本題に入ることとする。

「街に入り込んだモンスターの討伐、ですか」

「しかり。近頃、妖怪が人々を襲う事件が多発しておってな。お主らにはそのうちの一件を解決してもらいたいのじゃ」

ふむ、このへんは【アヘ声】のシナリオと同じっぽいな。

ゲーム的な言い方をすれば、

『ユニークモンスターのうち、どれか一匹を倒せばクリア』

ということになる。

ちなみに、ここで倒さなかったユニークモンスターも後からサブクエストで出てくるので、どれを選んでも問題ない。

「目撃情報があった妖怪、および目撃された地点は拙者がまとめておいた。確認なされよ」

透さんから簡略化された街の地図とモンスターの資料を受け取り、内容を確認してみる。

出現するモンスターは【アヘ声】に出てきたものと同じだが、【アヘ声】よりも数が多いな。

おそらく原作開始前だから、まだそこまで討伐できてないんだろう。

「でも、これなら一日もあれば殲滅《せんめつ》できそうですね。そこで相談なのですが、全部ブチ殺してきますんで代わりに追加で報酬をいただけませんか?」

「うむうむ、ではそのように——なんて???」

「いえ、実はアイテムを集めるのが趣味の一つでして……ただ、買い物しようにもこの国の貨幣を持っていないんですよ」

　俺がそう言うと、さすがに報酬まで要求されるとは思ってなかったのか、ご隠居が聞き返してきた。

「(この方が聞き返したのは『一日もあれば殲滅できそう』という部分だと思うのですが……)」

　エルが微妙な表情で俺を見てくる。

　たぶん『そんな契約して大丈夫?』と言いたいのだろうが、今の俺たちの実力なら問題ないから安心してほしい。

「は〜い！　大将さん！　私も買い食いとかしたいです！」

「じゃあおれも。レシピ本とか売ってないかなぁ」

「じゃあボクも。べつに欲しい物はないけど、もらえるものはもらっとくよ」

「テメェらちょっとは自重しろや」

「……う、うーむ……仕方ないのう……（まぁこやつらの目的がわからんまま『貸し一つ』とか言われるよりかはマシかのう）」

途中でモニカたちも便乗して報酬を要求するというハプニングもあったものの、最終的に俺たちの要求は無事に通り、ご隠居と正式な雇用契約を結ぶことになった。

「（なにより、本当に一日で殲滅が可能なのであれば戦力としては申し分なく、それどころかワシらではなく『奴ら』に雇われでもしたら厄介じゃ）」

俺たちは契約書に不備がないことを確認すると、意気揚々と店を後にしてモンスター討伐に乗り出した。

「最初の現場はここか」

俺たちの持ってるマップと透さんから貰《もら》った簡易的な地図を見比べながら街を進むと、ボロい建物にたどり着いた。

【アヘ声】でモンスターが潜んでた建物と似ているが……場所が違うのでそれとは別の建物みたいだな。

まあ今は原作開始前だし、原作と同じ場所にモンスターがいるとは限らないか。

「それじゃ〜、さっそく中を調べましょうか」

「待った。中に入ったらモンスターの奇襲を受けるぞ」

こいつは一見するとただの廃屋にしか見えないが、外敵に対して何の備えもない建物にモンスターが住みつくわけもなく、中は巣に改造されている。

【アへ声】では、なんの備えもなく中に入ると、先制攻撃を受けたり、拘束状態で戦闘が始まったり、戦闘からの逃亡が不可能になったりと、色々と不利な状況を押し付けられたんだよな。

それらを防ぐためには、特定のNPCに話しかけて情報を聞き出し、それをもとに正しい行動を取らないといけないんだが……すべての場所で毎回そんなことをしていたら時間がいくらあっても足りないだろう。

「だったらどうすんだよ」

「こうするんだよ！」

俺は【匂い袋】を取り出すと、勢いよく建物の入口にブチまけた。

すると家の中からガタガタと音が鳴り始め、ほどなくしてモンスターが飛び出してきた。

うむ、やはりこの手に限る。

「……普通、街中で【匂い袋】をブチまけるか？」

「街中だから、だよ。ダンジョンのド真ん中で【匂い袋】をブチまけたら大量のモンスターが寄ってくるが、ここには他にモンスターがいないからな。確実に建物の中のモンスターだけを誘《おび》き寄せられるだろ？」

【アへ声】だと説明文に『モンスターを引き寄せるアイテム』と書いてあるものの、場所によっては普通にモンスターではない雑魚敵も引き寄せる【匂い袋】だが……。

それはあくまでゲームシステムの都合だからな。

この現実となった世界では、ちゃんとモンスターだけを引き寄せられるようになってる。

「……ボクがモンスター扱いされてないことを喜ぶべき？　それともボクへの配慮を忘れてることを嘆くべきかな？　ガスマスクつける都合があるから、【匂い袋】を使うなら事前に言って欲しいんだけど」

「まあまあ、まずは奴をブチ殺そうぜ！」

心なしかいつも以上にジト目になったように見えるルカから目を逸《そ》らしつつ、俺は突進してきたモンスターを盾で押し返した。

今回の討伐対象は【アカナメ】というユニークモンスターだ。

舌によるトリッキーな動きを得意とし、舌を鞭《むち》のように使って攻撃してきたり、こちらを舌で搦め捕って【拘束】したりと、中々に芸達者なモンスターだな。

「いや、どっからどう見ても【カモフラーゴン】じゃねーか！！！」

……まあ、日本の妖怪みたいな名前のくせに、見た目はカメレオン型モンスターの色違いだが。

こじつけとしか思えないが、こういう訳のわからんネーミングセンスはゲームではよくあることだ。

それに、同じ生き物でも国によって呼び方が違うのは変なことではないだろう。

「俺たちから見れば【カモフラーゴン】でも、この国の人たちにとっては【アカナメ】なんだ。そういうことにしておこうじゃないか」

「なんか釈然としねーが……まぁいい。こいつを殺すのが仕事だってんなら、さっさとブッ殺すだけだ」

そう言うや否や、カルロスは【アカナメ】にハンマーを叩《たた》きつけてダメージを与えた。

それを皮切りに、俺たちも戦闘態勢に移行する。

「うおっ!?」

不意に勢いよく舌が伸びてきたのでとっさに盾で弾《はじ》いたが、トリモチのような舌に盾がくっついてしまった。

そしてそのまま【アカナメ】が舌を引き戻したことで俺は結構な距離を引きずられ、バランスを崩したところで再度伸びてきた舌に搦め捕られてしまった。

何気に初めて【拘束攻撃】を食らった気がする。

「お、おい、無事か大将!?」

「ハルベルト様、すぐにお助けしますから!」

「くっ、まさか大将を食べようとするヤツがいるなんて!」

「大将さんを放してください！　お腹《なか》を壊しても知りませんよ!?」

……モニカとチャーリーが俺をどんな目で見ているのかは、後で問い詰めるとして。

「構わん！　俺が引きつけてる間に殺《ャ》ってくれ！」

「……言うと思った」

「ちょっ、ルカさん!?　なんで無言で弓を構えて……正気ですか!?」

「正気じゃないのは主の方なんだよなぁ」


失礼な。【アヘ声】においては、これも立派な戦略の一つだぞ。

【拘束状態】を放置しているとどんどん装備品を解除されていき、最後にズドン！（意味深）となるので、早急に【拘束状態】から抜けすのは間違いではないんだが……。

実は、パーティメンバーが【拘束状態】になって行動不能になっている間、一部の例外を除き、そのパーティメンバーを拘束中のモンスターもまた行動不能になるんだよな。

複数の敵を相手にしている時に壁役が【拘束状態】になるのは非常に危険だが、今回のように敵が一匹しかいない場合は話が別だ。

つまり、敵が壁役を拘束している間、敵は何もできなくなるってわけだな。

「わざと【拘束状態】を放置して敵の行動を封じ、その間に他のパーティメンバーが袋叩きにするというのも選択肢の一つなんだぜ！」

「なに悠長なこと言ってやがる!?　早く脱出しないとケツに色々とブチ込まれるぞ!?」

「その前にコイツをブチ殺してくれればいい！　頼んだぜ！」

「だぁぁぁもう！　無茶しやがって！」

カルロスたちは【アカナメ】の背後に回ると、それぞれ最大火力をブチ込み始めた。

それに対し、【アカナメ】は堪《たま》らずといった様子で【拘束攻撃】を中止して逃げ出そうとする。

ゲームだとこちらが【抵抗する】または【救出する】というコマンドに成功するまで【拘束攻撃】を外せなかったんだが……さすがにリアルではそうもいかないか。


「逃がすかオラァ！！！」

「(!?!)」


が、逃がすわけにはいかないので、両腕でガッチリと【アカナメ】の舌を摑《つか》んで固定してやった。


「大将を放せコノヤロー！」

「放そうとすんじゃねえよこの野郎！」

「(!?!?!?)」

「…………なにこれ？　どっちが【拘束攻撃】してたんだっけ？？？」


そうこうしているうちに【アカナメ】のＨＰが０になり、光の粒子となって地面に溶け

ていった。

俺たちの勝ちである。

「よしよし、無傷で切り抜けられるとは幸先《さいさき》がいいな。この調子で残りのモンスターどももブチ殺していこうぜ！」

「クソッタレ、なんで【拘束攻撃】くらった奴《やつ》がケロッとしてて、俺たちの方が疲れてんだよ……」

「というか、この調子があと何回も続くんですね……」

「ハルベルト様……御身の安全を優先してください……」

俺は驚かせたことへの謝罪と助けてくれた礼を皆に言い、次の現場に向かうことにした。

……そういえば、今も透さんは俺たちを監視しているんだろうか？

ふと気になったので、時代劇とかで忍者が隠れてそうな場所を眺めてみたが、それらしき姿はない。

まぁ向こうは本職の忍者なので、素人の俺に見つけられるわけないか。

「おっと」

そうやって辺りを見回していると、たまたま通行人と目が合ったので会釈しておいた。

いかんいかん、あまりキョロキョロしすぎると不審に思われるかもしれないな。興味本位で透さんを捜すのはやめておくか。

そんな感じで、俺はレアモンスターどもを駆逐していったのだった。

《裏》

「三重内《ミエナイ》透照《スケテル》、只今《ただいま》帰還いたしました」

「丸御《マルミ》園隠三《エンカクゾウ》、同じく帰還いたしましたぞ」

「おお、透さん、隠さんや。よう帰ったのう。ご苦労じゃった」

「勿体《もったい》なき御言葉《おことば》」

とある店の一室にて、『ご隠居』と呼ばれる蛹人間《さなぎにんげん》が部下の二人と話し合っていた。

「……して、例の『お客人』について、お主らはどう見る?」

というのも、蛹人間は【狂人】と直接言葉を交わしたものの、彼の素性や人間性が全くといっていいほどわからなかったため、引き続き監視を頼んでいたのである。

直接話しても相手のことがいっさいわからないなどというのは、優れた観察眼を持つ蛹人間にとって初めてのことであった。

ゆえに、【狂人】の対応については慎重にならざるをえないのだ。

「『お客人』の人間性については、拙者らには判断ができませせぬ。強いて言うのであれば、身体《からだ》を張ってまで守るほどに仲間のことを大事に思っているようではありましたが……」

「ですが、素性に関しては、その戦法からある程度の推測が可能かと」

「おおっ、それは誠か!　でかした!」

破顔（?）する蛹人間に「あくまで推測ですが」と念押ししたうえで、部下の二人は見てきたことを話し始めた。

「まず、『お客人』は隠三《カクゾウ》のように『あえて目立つことで味方が動きやすい環境を整える』ことを得手としているようですな。あの奇抜な格好もそれが目的でありましょう」

「次に、薬物に精通している様子でした。媚薬《びやく》のようなもので妖怪を誘《おび》き寄せることから始まり、痺《しび》れ薬《ぐすり》で動きを封じたり、毒薬で生命力を削ったりと何でもござれでしたな」

「また、『お客人』は拙者の隠形を見破っていたようですな。拙者の方を見ては何か考え込んでいる様子でした」

「拙者の変装もでござるな。会釈までされてしまい、もはや笑うしかなかったでござる。こうもあっさり見破られると自信をなくすでござるよ」

「そしてなにより、生命力の減少や【拘束攻撃】を恐れぬ精神力は、幼い頃より特殊な鍛錬を受けて恐怖心を殺された証《あかし》。決して表沙汰にできる出自ではありますまい」

蟬人間《せみにんげん》と同じ技術を使い、薬物に精通しており、隠形や変装を見破り、表沙汰にできない出自である。

これらから導き出される、【狂人】の正体とは——


「——忍びの者か」

「あの様子を見るに、間違いないかと」

もちろん間違いである。

【狂人】は忍者と同じ技術を使っているから目立つ格好をしているのではなく、見た目度外視で高性能な防具を装備していたら自然とトンチキな格好になっただけである。

また、『薬物に精通している』と聞くと忍者っぽいかもしれないが、実際はゲーム廃人ゆえに【アヘ声】に登場するアイテムの効果を全部覚えているだけであり、べつに薬物だけに詳しいわけではない。

コノハムシ人間のステルスも蟬人間の変装も全くといっていいほど見破れておらず、彼らが深読みしすぎているだけであるし、ＨＰの減少や【拘束攻撃】を恐れないのも、ただいつものように【狂人】が【狂人】してるだけなので、特殊な鍛錬などいっさい積んでいない。

「まさか、『奴ら』がご隠居様に差し向けてきた刺客なのでは……」

「いや、その可能性は低いじゃろう。銭がないというのは事実のようであるし、本人はともかく『お客人』の仲間たちからは後ろ暗いものを感じぬからのう」

「たしかに、彼の仲間たちは忍びの術を使えぬようでしたな。『まだ実戦で使えるほどの技量ではないだけ』かもしれませぬが」

「ふむ……となれば、何かしらの事情で里を失ったか、里と決別して抜け忍となり、自らの手で新たな忍びの里を興すために資金や人材、武具を集めている最中といったところか」

この場に【狂人】がいれば、全力で否定しただろうし、さらにこの国以外にも武士《ムシ》が住む場所がある可能性に気づいて白目を剝《む》いていただろうが……。

いつもは他人に精神的被害を与えている【狂人】が逆にダメージを受けるせっかくのチャンスであったというのに、そうはならなかったのが悔やまれる。

「今のところ、そう考えるのが妥当じゃろうな。まさか本当に趣味で武具を集めているわけではないじゃろうし」

実際はそのまさかであり、【狂人】は本当に趣味で武具を集めているだけなのだが……。

彼らにそれを信じろというのはさすがに酷だろう。

彼らと【狂人】では、文字通り『生きてきた世界が違う』のである。

「まあ、なんじゃ。契約通りに報酬を支払う限り、『お客人』がワシらを裏切って『奴ら』につく可能性は低いじゃろう。ただでさえ何の後ろ盾もない流浪の忍びであるのに、契約を反故《ほご》にするような信用ならぬ者であると知れ渡ってはどうなるか……それがわからぬような男でもないじゃろう」

「『奴ら』に雇われる前にこちらが雇うことができたのは、むしろ僥倖《ぎょうこう》であったやもしれませぬな」

……が、今回はその勘違いが良いように嚙《か》み合ったらしく、他者にダンジョン攻略中の様子を見られると信用度が地の底に落ちやすい【狂人】にしては、珍しく蛹人間たちからある程度の信用を勝ち取ることに成功していた。

「とはいえ、しょせんは金銭による繋《つな》がり。『お客人』は拙者らのようにご隠居様に忠誠を捧《ささ》げているわけではござらん。信用はできても信頼はできませぬぞ」

「うむ、諫言《かんげん》に感謝する。心にとどめおこう」

こうして、【狂人】は本人の意図とは全く関係ない方向から、原作のサブストーリーに絡むためのスタートラインに立てたのであった……。

第6章

《表》

ユニークモンスターどもの殲滅《せんめつ》は問題なく終わった。

こいつらは固有ドロップがゴミなので、【蘇生薬《そせいやく》】マラソンをする必要もないからな。

なのでさっさと終わらせて報酬を貰《もら》い、買い物タイムといきたかったんだが……。

「明らかに足元を見られてたな」

この国で一番繁盛しているらしいよろず屋に行ってみたはいいものの、これがお手本のような悪徳商人の店だった。

なんつーか、悪代官に【山吹色のお菓子】を渡してそうな商人って感じだ。

まあ名前が【握土井《アクドイ》】だって聞いた時点で察してはいたけど。

「……で？　これからどうすんだよ大将」

「そうだな……ご隠居のお陰でこの国に自由に出入りできるようになったわけだし、今日のところは帰還しよう。で、アーロンに相談してみるか」

「帰還するのは賛成だが……アーロンに相談するよりも、俺とアーロンを入れ替えて奴に直接交渉させればいいだけなんじゃねえのか？」

俺の言葉に、カルロスは少しだけ不可解そうな表情を見せた。

まあ、たしかにそれはそうなんだが……。

「いや、だってカルロスの反応が面白――なんでもない、気にするな」

「おいコラいま何つった？？？」

思わず本音が漏れたのを咳払《せきばら》いで誤魔化す。

いや、もちろんそれだけが理由じゃないぞ？

【雄々津国《オオツノクニ》】に出てくるボスは状態異常に強いから、アーロンよりカルロスの方が活躍できるのは確かだ。

「この国の探索メンバーはカルロスが適任、そう判断したまでだよ」

「それはどういう意味での『適任』なのか聞かせてもらおうじゃねぇか」

「さーて、そうと決まればさっさと帰るかあ！」

まあ、それを信じてもらえる空気じゃなくなってしまったので、俺は【脱出結晶】を使ってカルロスからの追及を振り切り、【H&S商会】に帰還した。

「やー、たぶん無理だな。他の店を当たった方がいい」

で、食堂でアーロンに相談したところ、バッサリ切り捨てられてしまった。

「うーん……他の店を探したけど、どこも潰れかけで品揃《しなぞろ》えが悪かったんだよな」

たしか……【アへ声】では、一部の商人が国のトップと癒着してるせいで、他の商人たちは思うように商売ができないんだっけ？

なので、現時点で俺が欲しいアイテムを購入するには悪徳商人と交渉するしかないんだが……。

「アーロンでも交渉は難しいか？」

「やー、そりゃ俺は多少口が回るけどな。スキルや魔術じゃねーんだから、『交渉！』って言えば自動的に相手の譲歩を引き出せるワケじゃないんだぜ？」

……【アへ声】だと実際に【商人】が覚えるスキルの中に『店の商品が割引される』って効果のパッシブスキルがあったんだけどな。

この世界にはなぜか存在しないみたいだけど。

でも、言われてみれば確かにそうだな。

そういうスキルはあくまでゲームだから成立するのであって、現実世界にそんなスキルがあったら経済が成り立たなくなる。

というか、『【交渉】！』の一言で値下げ可能とか、それはもはや交渉ではなく洗脳の類いだろう。【商人】の能力の範疇《はんちゆう》を超えてる。

「大将の持ってるレアアイテムを交渉材料にできなくもないだろうが、個人的にはオススメはしないぜ」

「まあ、悪徳商人に売ったら何に使われるかわかったもんじゃないもんな」

「そういうこった。まー、モニカの買い食いはともかく、どうせ大将が欲しいのは装備品なんだろ？　鍛冶師に直接依頼するのはどうだ？」

まあそれも考えたんだが、実は【握土井《アクドイ》】の店に行った後で国一番の鍛冶師と呼ばれてた人（？）の所へ依頼に行ってるんだよな。

でも『ワシは気に入った奴《やつ》からしか仕事を引き受けん！』って断られてしまった。

うーん、思い出したらムカついてきたぜ。

なにも塩を撒《ま》かなくてもいいじゃないか。

「（そりゃ、あのキメラみてーな格好で依頼に行ったらそうなるだろ……）」

「うーん、じゃあ次にご隠居から依頼を受けた時は、報酬の代わりに武器・防具をくれと頼んでみるか」

「もしくはそのご隠居とやらに口利きしてもらう、とかな。大将の見立てじゃ、そのご隠居とやらは高い身分の人間（？）なんだろ？　なら、その鍛冶師もさすがに断れねーだろ」

まあ、見立てというか、ただの原作知識なんだけどな。

「それは現物支給と何が違うんだ？」

「大将のことだ、どうせ店売りの武器だけじゃなく、レアな武器とかも蒐集《しゅうしゅう》しようと思ってんだろ。それも一点物だ。そんなレアなアイテムを譲ってもらえる可能性は低いだろ？」

……なんだろう、最近のアーロンは俺に対して解像度が高くないか？

「なるほど、つまり同じ物を作ってもらえばいいのか」

それはともかく、同じものを作ってもらうってのは盲点だったな。

【アヘ声】をプレイしてた頃の名残りで、ご隠居たちが所持している一点物のアイテムは譲ってくれと頼むか殺してでも奪い取らないと入手できないって先入観があった。

が、ご隠居たちが所持しているレアアイテムが一点物ってことは、ダンジョンの宝箱からはドロップしないアイテムってことであり、それはつまり【雄々津国《オオツノクニ》】で作られたアイテムってことなんだろう。

だったらそれらのアイテムを作った人（?）がいるはずなので、その人（?）に同じアイテムを作ってもらえるようご隠居に頼めばいいってわけだ。

そしてそれはご隠居が持ってるレアアイテムに限った話じゃない。

【雄々津国《オオツノクニ》】で戦える全ての敵にも同じことが言えるだろう。

「相談に乗ってくれてありがとな、アーロン。お陰で方針が定まったぜ」

「あいよー、俺の意見が大将の助けになったんなら幸いだぜ（今回の探索が終わったら、カルロスとモニカから感想を聞くか。きっと爆笑ものだぜ）」

俺はアーロンに礼を言うと、明日に備えて今日はさっさと寝ることにした。

「おやすみ、主」

「ああ、お休みルカ」

自室に戻り、ベッドに潜っていつものようにルカを抱き枕にする。

森のような落ち着く香りと、人肌の感触が心地よく、すぐに眠気がやってきて――

「いや、『肌の感触』ってなんだよ!?」

慌ててベッドから飛び起きてルカを見ると、なぜかルカの露出が増えていた。

というか、なんかスケスケのベビードールみたいなやつを着てた。

「えっ!?　なに!?　どういうことなの!?」

「うるさいなぁ……これから寝るって時に騒がないでよ」

「いや、おまっ……何だその寝間着!?」

「これ？　『洗い替えに必要』って言われたから【服飾屋】で買ったやつだけど」

「はあ!?　モニカがそんなこと言ったのか!?」

「いや、子豚じゃなくて狐男《きつねおとこ》」

「アアアアロオオオオンンン！？！？！？」

ちょっ、アーロンの奴、なんてことしてくれてんの!?

すぐさま俺はアーロンの部屋まで全力ダッシュすると、何度もドアを叩《たた》きまくった。

「本日の営業は終了しておりまーす。また明日お越しくださーい」

「アーロンてめえええええ！」

が、あえなく施錠されたドアに阻まれてしまう。

この反応、どう考えても確信犯じゃねえか！

「うっせーぞ大将！　今から寝るんだから静かにしろ！」

しばらくドアの前で粘ってみたものの、カルロスに怒られてしまい、俺はしぶしぶ自室に戻った。

「やられた！！！」

アーロンが他の皆をからかってるのを何度か見たことがあったから、『意外と悪戯《いたずら》好きなのか？』とは思ってたけども。

まさか俺が標的になる日が来るとは。

それだけアーロンが俺に気を許してくれた証拠だろうし、そう考えると嬉《うれ》しいっちゃ嬉しいんだが……。

「明日も早いんでしょ？　さっさと寝ようよ」

悪戯にしてはちょっと悪質すぎやしないかコレ!?

いや、まさかここがエロゲ世界だから悪戯の内容もそれっぽいのか!?

「ルカ、いつもの寝間着は!?　いくつか同じの買ってあっただろ!?」

「何枚かは筋肉ダルマ三号に『汚れが目立ってきたから』って捨てられた。他は洗濯中」

チャーリー……！　なんてタイミングの悪い……！

くっ、『モンスターだから』と人間的な価値観を教えなかったツケが回ってきたか！

せめて服くらいは慎みのあるものを選ぶよう指示すべきだった！

「ねぇ、いい加減ボクも眠いんだけど」

ふと時計を見れば、いつの間にかもう深夜だ。

どうやらこの場をどう切り抜けるか悩みすぎたらしい。

「じゃ、今度こそお休み」

「……ああ、うん、お休み……」

観念した俺は、なるべくルカを見ないよう背を向けて眠ることにした。

そりゃあ俺だって男だ。

ルカはモンスターといえど、見た目だけはものすごい美少女だからな。

いつもなら、ダンジョンのことで頭を一杯にして余計なことなんて考える余地をなくしてるが……。

さすがにこんな格好をされたら、少しくらいは意識してしまうのも仕方ないだろう。

結局、その日はあまり眠れなかった。

さらに朝起きたら、いつの間にかいつもの癖でルカを抱き枕にしていたため、目が覚めた瞬間に心臓が飛び出るかと思った。

ダンジョン攻略に支障が出るほどではないものの、やはり気分が優れない。

「やー、おはよう大将！　昨日はお楽しみでしたか？」

「おはようアーロン。次にダンジョン行く時、【瀕死《ひんし》】状態にするのに【七星剣】ブッパしてやるから覚悟しとけよ」

「なにその死刑宣告？？？　えっ、冗談だよな？？？」

「じゃあダンジョン行ってくるわ」

「ちょっ、待っ――」

【H&S商会】入口の扉を勢いよく閉め、引き続き昨日と同じメンバーを連れてダンジョンへ向かう。

まあアーロンもルカのことを俺の妹だと思ってこんな悪戯を仕掛けてきたんだろうし、今回はそれくらいで許してやるとして。

気を取り直し、再び【雄々津国《オオツノクニ》】にやってきた俺たちは、まずはご隠居に会いに行くことにした。

「テメッゴラァ！　大人しくしろやクソアマァ！　今度こそ逃がさねぇからな！」

そんなことを話していた時だ。

遠くの方で何やら争うような声と音が聞こえてきたので、俺たちは様子を見に行くことにした。

「なんだテメェら!?　ちィッ、見られたからには生かしておくワケにゃいかねェなァ！」

音の発生源は路地裏だった。そこでは、蟻頭《ありあたま》と蜂頭のコンビが女性の頭に袋を被《かぶ》せて縄で縛っていた。

どうやら誘拐現場に居合わせてしまったらしい。

恐らく戦闘は避けられないだろう。

一触即発の空気の中、最初に口を開いたのは蜂頭だった。

「"Bee" quiet……落ち着くんだアントニオ」

「だ、だがよォビーンの兄貴！」

「なんだこいつら……クセが強すぎる者を略して『クセ者』かよ」


うわっ、よく見たら【吉良《キラ》兄弟】じゃないか。

こいつらは【アへ声】に登場した殺し屋の兄弟であり、蟻頭の方が弟の吉良《キラ》アントニオ、蜂頭の方が兄の吉良《キラ》ビーンだ。

【雄々津国《オオツクニ》】のサブストーリーを進めていく中で、幾度となく原作主人公の前に立ちふさがった中ボスだな。

独特の口調からわかる通り、こいつらはいわゆる『憎めない悪役』というやつで、原作主人公に敗北しては毎回同じ捨《す》て台詞《ぜりふ》を吐いて逃走していくギャグキャラだった。

……いやまあ、ギャグキャラっつっても、【雄々津国《オオツクニ》】にはギャグキャラしか存在しないんだけどさ。

「よォ、アンタら。オレたちゃ泣く子も黙る殺し屋兄弟だが、無益な殺傷は好きじゃない。このままここで見たことを全て忘れ、日常に戻るというならそれでよし。しかし変な気を起こすとどうなるか……わかるよな？」

そう言いながらビーンは見せつけるように刀の鯉口《こいぐち》を切り、居合の構えを取った。

そしてその後ろでアントニオが「カ・エ・レ！　カ・エ・レ！」と連呼し始める。

うん、色々と台無しだな。

「え、え～っと……いや、誘拐はダメですよ！　犯罪です！」

「ええ、その通りです。いくらなんでも見過ごせませんよ」

「フッ、威勢のいいお嬢さんたちだ。嫌いじゃないぜ、そういうの。だがオレたちも仕事でな……邪魔をするというのであれば、少々痛い目に遭ってもらおうか！」

「てんめェェェ兄貴の厚意を無下にしやがって！　皆殺しだゴルァ！」

「おっと、させないぜ！」

アントニオがモニカめがけてバカデカい金棒を振り下ろしてきたので、間に割って入って盾で弾《はじ》く。

「クソッタレ、次から次へとワケのわからん奴が現れやがる！」

「よくわからないけど、HPを0にしてから考えればいいや」

金棒を弾いた直後、俺の後ろからカルロスが飛び出してアントニオへと攻撃を仕掛ける。

さらにルカが弓を引き絞りながら跳躍、俺の頭越しに追撃を放った。

「甘ェ、Honey より甘ェよ」

「なんだと……!?」

だが、それら全てがビーンに防がれてしまった。

ビーンが抜刀したかと思うと、次の瞬間にはカルロスのハンマーが弾き飛ばされ、ルカが放った矢も斬り捨てられていた。

今のはビーンの得意技である【打ち払い】というスキルだ。

その効果は、反撃しない代わりに成功率が非常に高い【打ち落とし】といった感じだな。

しかも、ビーンの技量のステータスは変態じみた高さだ。

どれぐらい高いかというと、こちらの技量がカンストしていてもなお物理攻撃が一切通用しないほどだ。

技量だけならラスボスどころか裏ボスすら上回っていると言えば、そのヤバさがわかるだろう。

「……フッ。技量が足りんな、アンタら」

「マジでなんだコイツ!? ふざけた野郎のクセして強い……!?」

「そろそろ理解したか? オレとアンタらの間に広がる、絶対的な力の差というものを」

ビーンは刀をジャグリングしながら器用に納刀すると、再び居合の体勢に移り――

「【ライトニング】!!!」

「Sbeeeeeレルゥウゥウゥ!?!?!?」

「あ、兄貴ィイィイィ!?!?!?」

――そのままモニカが放った低級魔術に貫かれ、ドサリと倒れ伏した。

まあ見ての通り、【打ち払い】は【打ち落とし】同様、魔術による攻撃には無力だ。

「え、えぇ～……？　牽制《けんせい》目的だったんですけど……？　【ブーストスペル】も使ってませんよ……？」

ついでに言うとビーンの魔術防御力は全ボスの中でも最下位で、しかも全ての属性が弱点となっているという紙耐久っぷりである。

今のモニカの魔術攻撃力なら、下級の魔術でも確殺範囲内だ。

「……フッ、お嬢さんだと思って油断したか」

「『油断した』では言い訳できないくらい大ダメージ受けてんじゃねーか」

そんなことを思っていると、派手に地面を転がって痙攣《けいれん》していたビーンが突然むくりと起き上がった。

どうやら運良くＨＰがギリギリ残って即死は免れたらしい。

「ここは潔く退《ひ》くとしよう。だが――I'll "Bee" back!」

「これで勝ったと思うなよ！　"Ari"vederci!」

そして次の瞬間にはアントニオと絶妙にダサいポーズをキメると、背中の翅《はね》をはばたかせてゴキブリのようにカサカサと逃げて行った。

「いや、翅あるのに飛ばないのかよ……」

「う、う～ん……なんというか、すごく個性的な人たちでしたね……」

「君たちも人のこと言えないでしょ」

「でも、あのスピードは目で追えなかったよ。意外と強い……のかなぁ？」

「判断に困りますね……」

俺は【吉良兄弟《キラ》】の捨て台詞を生で聞けて満足だったが、これが初見であるカルロスたちは宇宙を背負った猫みたいな表情になっていた。

この国に来てから、もはや何度カルロスたちがこの表情になったかわからねえな。

モニカがようやく再起動し、誘拐されそうになっていた女性を介抱に向かう。

「……そういえば、誘拐されそうになってた人──人ですよね？　は大丈夫でしょうか？」

「ピィイイイ!?」

そして頭に被せられていた袋を取った瞬間、黒い宝石のような八つの瞳に見つめられて腰を抜かした。

「く、蜘蛛《くも》～～～!?　!?　!?」

女性の頭はフサフサとした毛に覆われており、側頭部からは虫の脚のようなものが八本飛び出ている。

まぁ、なんだ。ぶっちゃけハエトリグモだった。

ハエトリグモ頭は尻餅をついたモニカを見てコテンと首を傾《かし》げると、なにやら納得したような様子で頷《うなず》いた。

「アナタ方がワタクシを助けてくださったのですね。ありがとうございました」

をしていた。

「あっ、声カワイイ……」

チャーリーが思わずといった様子で呟《つぶや》いたように、ハエトリグモ頭は妙に可愛《かわい》らしい声をしていた。

こういうのをアニメ声と言うのだろうか？

とにかく、見た目とのギャップが凄《すさ》まじいことになっている。

「だぁぁぁもう……次から次へと……この国にはこんなのしかいねぇのか……」

カルロスが頭痛を堪《こら》えるように頭を抱えるが……まだキャラが濃いのが複数残ってるとは、色んな意味で言わない方が良さそうだな。

「申し遅れました。ワタクシ、八雲《ヤクモ》と申します。この国の姫でございますわ」

あー、やっぱりそうなのか。

ハエトリグモ頭改め、八雲《ヤクモ》は【アへ声】に登場した原作キャラ……それも、【雄々津国《オオツノクニ》】で発生する一連のサブストーリーにおけるヒロインポジションと言っても過言ではない重要人物だ。

【アへ声】において、彼女との出会いは彼女が誘拐されそうになっていたところに原作主人公が居合わせたところから始まる。

なんでそんな都合よく一国の姫が誘拐される現場に居合わせるんだよ、と思うかもしれないが、八雲《ヤクモ》はしょっちゅう誘拐されては自力で脱出しているという設定らしい。

それはそれでどうなんだと思うが……。

「それにしても……皆様、お強いのですね。……ぽっ」

「『ぽっ』とか口で言う奴《やつ》、初めて見たぞ……」

あと、八雲《ヤクモ》は非常に惚《ほ》れっぽい。

【アへ声】では原作主人公の【善行値】がマイナスに振り切れていようが必ず惚れていた。

理由は、八雲《ヤクモ》は他人の『強さ』に魅力を感じるからとのこと。

相手が強ければ、人格を問わず惚れてしまうらしい。

そんな設定であるためか、【アへ声】プレイヤーたちから付けられた渾名《あだな》は【脳内ピーチ色姫】。

一部のプレイヤーたちからカルト的人気を誇る、【アへ声】屈指の人気キャラだった。

どれくらい人気かと言うと、ヒロインを対象とした人気投票で二位に輝いたほどだ。

なお、そもそも人気投票にエントリーされてなかったうえ、一部のプレイヤーたちの悪ノリによる組織票だったため、無事に無効票となった模様。

まあ、中には『よく見ると可愛い』『愛嬌《あいきょう》がある』などとのたまうガチ勢もいたらしいが……それはどうでもいいか。

とにかく、いま重要なのは八雲《ヤクモ》が【雄々津国《オオツノクニ》】のサブストーリーにおける重要人物の一人だという点だ。

これで一気にサブストーリーに絡むことができそうだ。

今回のサブストーリーでは一点物のレアアイテムがいくつか手に入るため、どうにかして絡みたかったからな。

　ここで八雲《ヤクモ》と出会えたのは幸運だった。

……まあ、マジでしょっちゅう誘拐されてるらしいので、幸運でなくてもこのへんをうろついてたらそのうち出会えてただろうけども。

「助けていただいたお礼をさせていただきたいのですが、生憎《あいにく》と今のワタクシにそれほどの持ち合わせはございません。そこで提案なのですが、皆様を城にお招きし、歓待させていただきたいのです」

「ぴぃっ!?　そ、そんな、恐れ多いですよ！　それに私たちは先を急いでますから！　ねっ、そうですよね大将さん！」

「いや、べつに急いではいないが。ってか、こういうのは断る方が失礼に当たるんじゃないか？」

「知らん。俺たち兄弟は田舎の農村出身だ。礼儀作法だのなんだのってのには疎い。大将の好きにしてくれ」

「おれはこの国の王族が食べる料理がどんなものか興味あるから賛成かな」

「ボクは主についていく。ぶっちゃけどうでもいいし」

「わたくしもハルベルト様にお任せいたします」

　反対はモニカだけか。

　モニカには悪いが、ここはサブストーリーに関わるためにも歓待を受けることにしよう。

「了解だ。そういうわけですので、歓待の件、謹んでお受けいたします」

「そ、そんな～！」

「そこまで蜘蛛が苦手なのか……」

たぶんモニカは、姫が蜘蛛人間なら王族も蜘蛛人間、つまりこれから蜘蛛人間の巣窟に連れて行かれるんじゃないかと懸念してるんだろう。

でも【アヘ声】に登場した蜘蛛人間は八雲《ヤクモ》だけだったし、きっと大丈夫だ。

「ごめんな。埋め合わせはいつかするからさ」

「う～……わかりましたよ……」

俺たちは八雲《ヤクモ》について行くことにした。

そうしてたどり着いた先は、この国のちょうど中心に建っている城、【雄々津之城】だ。

見た目はまさしく『戦国時代の城郭』って感じの建物……と言いたいところだが、日本の城郭にしては狭い気がするというか、一つの城と庭を塀と堀で囲っているだけというシンプルな造りだな。

あまりこういうのには詳しくないが、日本の城は敷地内が広大かつ入り組んでいたり、建物が複数あったりといった風に、籠城戦を想定して複雑な造りになってるようなイメージがある。

とはいえ、城自体は巨大であり、近くで見上げるとかなりの高さだ。

外観も非常に美しく、頂上には立派な櫓《やぐら》を備えている。

こういうのを天守閣というのだろうか？

「とっても立派なお城だね」

チャーリーが感嘆したように息を吐きながらそう呟く。

カルロスもモニカも今だけは余計なことを忘れたかのように見惚《みと》れ、ルカですらどこか感心したような様子で見ている。

まあ、俺に言わせれば、鯱鉾《しゃちほこ》の代わりにマーライオンが自己主張していたりするので、例によってパチモン臭い城だなという感想しか出てこないんだが。

「ふふ……ありがとうございます。我が国の文化を褒めていただけると、ワタクシも嬉《うれ》しいですわ」

「（あっ、そういえばこれ、コイツの城だったわ）」

「（じゃあこの中にいるのは蜘蛛人間か……）」

そして八雲《ヤクモ》の声を聞いて我に返り、スン……と真顔に戻るカルロスたち。

いや、うん、まあ、かつて俺も前世で【アヘ声】をプレイした時に通った道なので、その気持ちはよーくわかるんだがな……。

「……はぁ。次はどんな奴が出てくるんだか……」

「覚悟だけはしておいた方がよさそうだね……」

で、俺たちは大広間に案内され、この国の王がやってくるのを待つことになった。

俺は『ようやくこの国で最もキャラが濃い奴とご対面か』とワクワクしていたが、カルロスたちはなんかもうすでに諦めたような表情になっている。

「……ふふ」

「や、や〜……あはは……」

ふとモニカを見ると、たまたま広間の上座に座っていた八雲《ヤクモ》と目が合ったらしく、八雲《ヤクモ》がモニカに向かって小さく手を振っていた。

それに対してモニカは曖昧な笑顔で手を振り返している。

うん、わかるよ。

八雲《ヤクモ》はお淑《しと》やかというか、まさしく大和撫子《やまとなでしこ》って感じだよな。

……まあ頭部以外は、だけど。

「……ちっ。とうとう来やがったか」

やがて、ドスンドスンという足音（＋わずかな揺れ）が部屋に近づいてきた。

そしてスパーン！　と勢いよく襖《ふすま》が開け放たれ、そいつが姿を現した。

「遠からん者は音に聞けぃ！　近からん者は目にも見よ！　ワレこそが【雄々津国《オオツノクニ》】大将軍！　箆呉須《ヘラクレス》・大津守《オオツノカミ》・武人《タケト》である！！！」

そいつは巨大な二本の角を生やしたカブトムシ頭であり、背中には黄金に輝く羽を背負っていた。

肉体はカルロスたち以上に筋肉達磨《きんにくだるま》であり、全身からすさまじいオーラが吹き出しているると錯覚するほどの威圧感がある。

端的に言おう。とんでもなくキャラが濃い。

「キサマらが我が娘を助けたという勇士か！　うむ、大儀であった！　褒めてつかわす！」

「うげぇ……想像以上に濃くて胃もたれしそうだ……」

大将軍が腕を組んで仁王立ちすると、その背後で謎の爆発が起きた。

いや、実際は起きてないのだが、ついそんな光景を幻視するほどの勢いが大将軍にはあった。

「さて、キサマらへの礼として、現在進行形で宴《うたげ》の用意をさせておるわけだが……その前に、キサマらには問わねばならんことがある！」

「ぴぃ……!?」

ここで、大将軍の威圧感がさらに高まった。

無風なのに大将軍の袴《はかま》がバサバサとはためき、モニカがローブのフードを押さえて縮こまる。

「その出《い》で立《た》ち、キサマらは異国の者なのであろう！　ならばこの国を治める者として、キサマらには問わねばなるまい！！！」

「……ちっ。見た目はアレだが、腐っても一国の王か。流されるままにここまで来ちまったが、こうなることは想定して然《しか》るべきだった……！」

まるで重力が倍になったかのように空気が重く俺たちにのしかかり、部屋の中が一触即発の雰囲気で満たされる。

そして緊張が最大まで高まった時、ついに大将軍がその台詞《せりふ》を口にした。

「キサマら、宗教上の理由とかで食べられない物はあるか!?!?!?」

「なんで今それを聞いた!?!?!?」

武器に手を掛けて立ち上がりかけたカルロスが、つんのめってズサァと畳の上に倒れ伏した。

うむ、惚れ惚れするくらい見事なリアクションだ。

これだけでもカルロスを連れてきたかいがあったぜ!

「何を言う! 恩人に半端な持て成しをするようでは、この国を治める者としての沽券《こけん》に関わるであろうが!」

「そうじゃねぇだろ! いや、ある意味ではそうだけど! 少なくとも威圧感を出して聞くようなことじゃねぇんだよ!!!」

「当然であろう! 武士《ムシ》は食に対して妥協せん! ここで真剣にならずしていつ真剣になるというのだ!」

「大将軍とか名乗ってんなら戦場で真剣になれや!」

ゼェゼェと肩で息をするカルロスを見ても、大将軍はガハハと豪快に笑うばかりだ。

さて、放っておくとどこまでもボケに走りそうな大将軍ではあるが。

【アヘ声】においては、サブストーリーの進め方次第で最後に主人公の前に立ちはだかるボスだったりする。

こう見えて大将軍は時代劇で言うところの『悪代官』ポジションであり、【アヘ声】では裏で悪徳商人から【山吹色のお菓子】を受け取って色々と便宜を図っていた。

ちなみに、その悪徳商人というのが、昨日俺たちの足元を見てきた握土井《アクドイ》だったりする。

「うむ！　とにかく特に食べられないものはないのだな！　ならば、さっそく飯にするか！　実はさっきから腹が減って死にそうでな！！！」

「もう勝手にしてくれ……」

ただし、この食い意地の張った性格は演技とかではなく完全に素だ。

多くの【アヘ声】プレイヤーから『なんだやっぱりギャグキャラじゃないか！』と突っ込まれたのは言うまでもない。

「刮目《かつもく》せよ！　これこそが【雄々津国《オオツノクニ》】が誇る食文化！　【SUSHI】！　【SOBA】！【TEMPURA】である！」

大将軍が妙なイントネーションかつ巻き舌でそう言うと、女中らしき人たちによって次々と料理が運ばれてきた。

皿とお膳は和風なのに、なぜか箸ではなくフォークとスプーンが添えられてるのは、【アヘ声】と同じだな。

「本日は無礼講である！　遠慮なく食え！　ちなみにワレはもう食い始めてるからな！」

「もう、父上ったら……お客様の前ですわよ」

「よいではないか、よいではないか！」

大将軍が料理にフォークを突き刺して食い始めたのを見て、俺も目の前の料理に手をつけた。

「…………」

うーん、美味《おい》しいっちゃ美味しいんだけど……なんというか、元・日本人からしてみると『コレジャナイ感』が半端ない。

ご隠居の家でご馳走《ちそう》になった【オマンジュ】もそうだったが、この国は料理もパチモンくさいんだよな。

まあ、これらの料理はあくまで【SUSHI】、【SOBA】、【TEMPURA】であって、寿司《すし》、蕎麦《そば》、天ぷらではないんだろう。

久しぶりに故郷の料理が食えるかもと期待していたので、ちょっとだけ残念だな。

「さてキサマら。食いながらでもいいからワレの話を――いや、やっぱダメだな。今は食うのに集中したい。食い終わってから話そう」

「どんだけ食い意地張ってんだよ……」

「カルロスさん、全然料理に手をつけてないみたいですけど、お腹《なか》減ってないんですか？　私がもらっていいですか!?」

「クソッタレ、こっちにも食い意地の張った奴《やつ》がいやがった……」

「わたくしのを差し上げますから、あまりはしたない真似《まね》をしてはいけませんよ」

「さっきまでビビり散らかしてたクセにね。料理が運ばれてきた途端にコレだよ」

　結局、大将軍の話が始まったのは、デザートとして運ばれてきた【ＡＮＭＩＴＳＵ】を食い終わった後だった。

「八雲《ヤクモ》姫の護衛、ですか」

「うむ。キサマらが退けた曲者《くせもの》は、その筋では名の通った殺し屋でな。そのような奴らから八雲《ヤクモ》を守り抜いたキサマらの腕を、ワレは高く買っておるのだ！」

　大将軍の話とは、俺たちを八雲《ヤクモ》の護衛として雇いたいというものだった。

　これは【アヘ声】のサブストーリーと同じ展開であり、これを引き受けるかどうかでサブストーリーの結末が大きく変わるという重大な選択肢だ。

　とはいえ、現実となったこの世界では、【アヘ声】と同じ選択肢を選んだからといって、ゲームと同じ結末になるとは限らない。

　そもそも今は原作開始前なので、【アヘ声】をプレイしてた時と差異があってもおかしくないからな。

なにより、この世界ではゲームと全く違う行動を取ることも可能だ。ノーム畑を滅ぼした時はまさにそんな感じだったわけだし。

なので、原作知識を利用しつつ、いつイレギュラーな事態が起きても対処できるようにしておく必要がありそうだ。

少し話が逸《そ》れたな。今は大将軍の話を受けるかどうか、だ。

『どういう選択肢を選べば最も多くのアイテムが手に入るか』を考えた場合、ここで大将軍に雇われつつ、ご隠居からも引き続き雇われるのが正解だ。

【アへ声】では、ご隠居陣営と大将軍陣営は敵対していたんだが、両方の陣営に与《くみ》してダブルスパイの真似事をすることが可能だった。

そうして最終的に両方とも裏切ってこの国の支配者を一掃し、原作主人公自らがこの国を支配してしまう、というエンドを迎えることもできたんだよな。

その場合、この国に存在しているアイテムを全て強奪可能になるため最も獲得アイテムが多いが……。

もちろんそんなことをすれば【善行値】が一気に下がるし、サブストーリーの結末も非常に後味が悪いものになる。

ゲームならともかく、現実でそんなことをするのはさすがに人としてどうかと思う。

よってこの選択肢は却下だ。

「申し訳ございません。現在、我々はモンスターの討伐を引き受けてまして……」

といっても、やっぱりこの世界ではどうなるかまだわからない。

とりあえず、今回はサブストーリーがハッピーエンドを迎えるために必要な選択肢を選んで様子を見ることにした。

これなら後で『やっぱり雇ってくれ』と交渉できなくもないだろうしな。

「なんと、そうであったか……。ワレも妖怪のことは聞き及んでいる。本来この国を治める者としてワレがやらねばならんことなのだが……今、ワレは他の件で手一杯でな」

「………………」

大将軍が『他の件』と言ったあたりで八雲《ヤクモ》が俯《うつむ》き、なにやら暗い雰囲気となった。

ふむ、八雲《ヤクモ》の様子を見るに、この世界でも【アヘ声】のサブストーリーと同じように話が進んでるみたいだな。

なら、【アヘ声】を参考にこの国を渦巻く陰謀を打ち払ってハッピーエンドを迎え、その功績を以《もっ》てご隠居から報酬としてレアアイテムの作製を鍛冶師に頼んでもらう。これでいこう。

というか、ハッピーエンド以外は【アヘ声】らしいかなり胸糞悪《むなくそわる》いエンドしかなく、八雲《ヤクモ》が曇ったり自刃したりと、ろくでもない終わり方になる。

ハッピーエンド到達が可能なら、それに越したことはない。

「事実、ただでさえキサマらに尻拭いをさせているというのに、それを放り出してまで八雲《ヤクモ》の護衛となれ、などとはさすがに言えんな。あいわかった！　今回はキサマらを雇うのは諦めよう！　が、気が変わったらいつでも来い！　歓迎するぞ！」

そう言いながら豪快に笑う大将軍に見送られ、俺たちは【雄々津之城】をあとにした。

「それでは皆様、本当にありがとうございました。また【雄々津之城】にいらしてくださいましね」

「あ、あはは……その、機会があればまた顔を出しますね……」

「皆様でしたら、いつでも歓迎いたしますわ」

「ぴぇっ（『皆様』と言いつつ、どうしてず～っと私のことを凝視してるんでしょうか）」

「ワタクシの手鏡をお持ちください。これを衛兵に見せれば、いつでも城に入ることができるようになるでしょう」

「あ、ありがとうございま～す……（どうして大将さんじゃなく私に渡すんですか……どうして渡すときにさりげなく手を握ってくるんですかぁ～……）」

八雲《ヤクモ》に見送られながら城門を離れ、俺たちは【雄々津国《オオツノクニ》】の中央部からご隠居の店がある南部へと戻った。

というのも、八雲《ヤクモ》と出会ったことから大将軍に勧誘されるまでの経緯を報告することがハッピーエンドの条件だからな。

「なんと……八雲《ヤクモ》姫からの信用を得たというのか（いや、その怪しげな風貌で他人から信用されるのは無理では？？？）」

「して、その手鏡はいずこに？」

「あっ、はい、私が持ってますよ」

「（あぁ、なるほどのう。このお嬢さんが手鏡を持っておるということは、姫はこのお嬢さんに渡したんじゃろう。つまり春辺流人《ハルベルト》殿ではなく、このお嬢さんが姫の窮地を救い、そして姫の信用を得たのじゃな）」

報告が終わると、ご隠居はモニカの方へと体を向けて黙り込んだ。

うーん、サナギだからどこに視線が向いてるのかイマイチよくわからん。

手鏡の真贋《しんがん》でも確かめているんだろうか？

「（ふーむ、このお嬢さんは春辺流人《ハルベルト》殿と違ってわかりやすいのぅ。その性根はほぼ間違いなく善良な部類じゃ。そして春辺流人《ハルベルト》殿がお嬢さんから手鏡を取り上げたりしないあたり、彼は少なくとも部下が善行を為すことを咎《とが》めたり、手柄を横取りするような男ではない、ということかの）」

「あ、あの～……この手鏡が何か……？」

「おぉ、すまんのぅ。つい考え込んでしもうた。トシを取るとぼんやりしてイカンのぅ。して、お主ら……もう少しワシらに雇われてみる気はないじゃろうか？」

おっ、どうやら俺たちは信用に足ると判断してもらえたみたいだな。

なんとか原作と同じようにご隠居の計画に一枚噛《か》ませて貰《もら》えるっぽい。

「姫の信用を得たお主らであれば話してもいいじゃろう。実は、ワシらは姫に頼まれて大将軍の企《たくら》みを暴くために動いておるのじゃよ」

ご隠居の話によると、大将軍は数年前から何か恐ろしい計画を進めているらしい。

悪徳商人に便宜を図る代わりに【山吹色のお菓子】を受け取っていることから始まり、明らかに堅気ではない人間（?）を用心棒として雇ったり、さらには怪しげな宗教団体との繋《つな》がりが見え隠れしたりと、裏でコソコソと何かを企んでいるみたいだ。

そして、父親が何か恐ろしいことを企んでいることに気づいた八雲《ヤクモ》は、幼少の頃に親交があったというご隠居を頼り、

『父親の企みを暴き、場合によってはそれを阻止してほしい』

と依頼したようだ。

うん、【アへ声】で聞いた内容とだいたい同じだな。

情報を伏せられたりはしていないので、やはりご隠居はこちらを信用してくれているみたいだ。

順調にハッピーエンドの展開をなぞることができてるな。

「つまり、大将軍の企みを暴くために協力してほしい、ということでよろしいですか？」

「然《しか》り。どうじゃ？　引き受けてはくれぬか？」

「承知いたしました。私としても、八雲《ヤクモ》姫の顔が曇るところは見たくありませんから」

もしご隠居から新たな依頼を持ちかけられたら引き受けると、すでにカルロスたちにしてあるので、俺はその場でご隠居との契約を結び直すことにした。

「では、報酬についてなのじゃが……」

「それに関してですが、我々の働き次第では金銭以外にもご隠居にお願いしたいことがございます」

「と、いうと？」

「そうですね……例えば、腕利きの鍛冶師を紹介していただく、とかでしょうか」

俺は昨日アーロンに言われた通りの条件を提示した。

アーロン曰《いわ》く、最初からレアアイテムの複製を頼んでも断られるどころか、場合によってはご隠居の信用を損なう可能性があるので、追加の報酬についてはボカしておけ、とのこと。

この条件さえ通れば、最終的にご隠居は大抵の要求を聞き入れてくれるようになるらしい。

そんな曖昧な契約を結んで大丈夫なのか？

ってかご隠居に断られないか？　と思ったが、

『ご隠居とやらと交渉するのが俺だったら確実に断られるが、大将が交渉すれば（相手が勝手に深読みして勘違いしてくれるから）大丈夫』

とのこと。まあアーロンの言うことなら間違いないだろう。

「ふぅむ……（なるほどのぅ。春辺流《ハルベルト》人殿がワシに近づいた真の目的は、『カネ』ではなく『コネ』。つまり人脈の構築なのじゃろう。ワシらから受けた仕事が終わった後、次の仕事を得るための布石を打ちたい、といったところか）」

「無論、ご隠居やこの国に不都合が生じるようなお願いはしないと誓いますし、我々の働きが足りない場合は断っていただいて構いません」

「(つまり、春辺流人《ハルベルト》殿が忍びの者としてこの国でどの程度やれるのかワシに判断させ、ワシらから受けた仕事が終わった暁には、春辺流人《ハルベルト》殿の力量に応じた次の仕事先を斡旋《あっせん》せよ、と)」

ご隠居は数分くらい考え込んでいる様子だったが、やがて考えが纏《まと》まったのか、こちらに手を差し出した。

「うーむ……まぁええじゃろ。お主らの働きに期待しておるぞ」

「ありがとうございます。微力を尽くします」

俺は差し出された手を取り、ご隠居と握手した。

さすがアーロン、おかげで無事に契約が成立した。

アーロンは謙遜してるけど、やっぱりこの手の交渉には強いよな。

まあ、それはそれとして後日【七星剣】はブッパするけど。

「(あの野郎、相変わらず性格がひん曲がってやがんな。えげつない条件を考えやがる)」

「(ご隠居さんは大将さんのことよく知らないでしょうけど、きっと大将さんはサラッとこの国を救っちゃいますよ)」

「(そしたらご隠居さん、この国と同価値の報酬を払わないといけなくなるよね)」

「(『あなたがたの国の価値はその程度なのですか?』と言ってしまえば、どんな要求でも通せるのですか……」

「（ふーん、狐男《きつねおとこ》もたまには役に立つじゃないか。まっ、一番役に立つのはボクだけど）」

……なにやら俺の後ろでカルロスたちが小声で話したり、ルカが独り言を言ったりしてるみたいだが……まぁ俺に何も言わないってことは、ただの雑談だろう。

とにかく、これで原作通りに展開しつつ、レアアイテム獲得の布石も打てたわけだな。

あとは俺たちの頑張り次第だ。

レアアイテムと、ついでにハッピーエンドを掴《つか》み取るため、張り切っていくとしよう。

「では、さっそくだがお主らには調査を手伝ってもらいたい。大将軍と癒着関係にある悪徳商人、大将軍に雇われた用心棒、大将軍と繋がりがあると噂《うわさ》の宗教団体。どれか一つを選ぶのだ」

「ミイイイジッ！　今までは妖怪どもの対応に手を取られて調査が遅々として進まなかったが、きゃつらが全滅した今こそ好機！　手分けして一気に調査するのだ！」

ここで選ぶのは『大将軍と繋がりがあると噂の宗教団体』だ。

【雄々津国《オオツクニ》】のサブストーリーでハッピーエンドにたどり着くためには、正しい選択肢を選び続ける必要がある。

一つでも間違えると真相には到達できず、不完全燃焼のグッドエンドになるので、気をつけないといけない。

まあこの世界はゲームと違って現実なので、本当に選択肢を選んでいるわけでないんだけども。

原作で選択肢を選んだのと同じ状況を再現するために、今後はご隠居たちを誘導したり、説得したりしなければならないかもしれない。

まあそうなったらそうなった時に考えるとしよう。

「あいわかった。では宗教団体へ探りを入れるのはお主らに任せよう。残りは拙者と隠三《カクゾウ》が担当する」

「目的地は地図に印をつけておいた！　確認なされよ！」

「承知いたしました。ではさっそく向かいます」

俺たちはご隠居の部屋を出ると、宗教団体の本拠地である寺へと向かった。

その途中で人気《ひとけ》のない裏道を通るんだが……。

「…………」

「どうしたの大将？」

あたりをキョロキョロと見回したが、誰もいない。

【アヘ声】だと、ここを通ろうとすると【吉良《キラ》兄弟】が襲ってきたはずだ。

「いや、なんでもない。気のせいだろう」

しかし、何もないまま裏道を通り過ぎてしまった。

まあ、この世界では今朝がた彼らをブチのめしたばかりだしな。

いくら【アヘ声】でギャグキャラだったとはいえ、さすがに現実ではそんな短時間で復活できなかったみたいだ。

そうして何もないまま辿《たど》り着いた先は、寺なんだか神社なんだかよくわからない施設だった。

周囲を囲う塀は寺っぽいのに入口に鳥居が建っていたり、境内に入ると右手に五重塔があるのに左手に神楽殿があったりと、なんだか見境がないって印象を受ける。

ゲーム画面で見た時は特に何とも思わなかったが、実際にこの目で見ると違和感がある。

いや、でも明治時代より前は寺の中に神社があったりしたんだっけ？

……考えるだけ無駄か。

この国はあくまで【雄々津国《オオツノクニ》】であって日本じゃないからな。

この国の寺はこれがスタンダードなんだろう。

「おや、参拝の方ですか？」

と、境内で掃除をしていた蟻頭《ありあたま》の巫女《みこ》さんたちが俺たちに気づいて声をかけてきた。

「(あれ？　この人（？）たち、今まで会った人（？）たちと比べると、どこか雰囲気が違うような……)」

モニカが首を傾《かし》げている。

たぶんこの人（？）たちに違和感を覚えているんだろう。

まあその理由はすぐにわかるから、あえてここでは説明しないことにする。

「ええ、そんなところです。本日、参拝は可能でしょうか？」

「ええ、もちろん」

「【土礼寺《ドレイジ》】は救いを求める民衆のため、いつでも誰にでもその門戸を開いております」

「わかりました。ありがとうございます」

「これが我々の務めですからお気になさらないでください」

「あぁ、そうそう。もうすぐこの寺の主による説法が始まるのですが」

「よろしければ聴講していかれてはどうでしょうか?」

「おお、そうでしたか。ぜひとも参加させていただきたく」

で、俺たちは巫女さんたちに案内されて講堂にやってきたわけだが。

「初めまして、旅の方。あたくし、【安徳院《アントクイン》】でございます。以後、お見知りおきを……」

「…………」

この寺の主を名乗る蟻頭の尼僧を見た瞬間、カルロスたちがチベットスナギツネのような表情になった。

「おや、どうなさいましたか皆様? そのように熱い視線を向けられては、あたくし照れてしまうのですが……」

「いや、なんでもねぇよアントクイーン」

「えっと、なんでもないよアントクイーンさん」

「はい、なんでもないですアントクイーンさん」

「(どう見ても【クイーン】系のモンスターではないですか……。こんなところで何をしてるのです……?)」

「(えっ、なにコイツ。さっさと殺した方がいいんじゃないの?)」

「そうですか? 何もないならばよいのですが……。あと、あたくしの名は【安徳院《アントクイン》】でございます」

【安徳院《アントクイン》】を名乗る不審者は、座っていてもなお2mはあるだろう巨体を誇っており、その全てを特大の法衣で覆い隠しているため、出来の悪い二人羽織……いや、五人羽織くらいはしてそうな見た目になっている。

しかも巨体すぎて全身を隠しきれておらず、法衣の隙間からはコロネみたいなでっぷりとした虫の腹がチラリと見えていた。

この国の住民は頭部と羽以外ほとんど普通の人間と変わらないのに対し、【安徳院《アントクイン》】は身体《からだ》も虫のようだ。

……いや、うん、まあ、なんだ。ぶっちゃけコスプレしたモンスターにしか見えない。

それも【フェアリークイーン】みたいに他の雑魚モンスターを従えてそうな、いわゆる【クイーン】系のモンスターだ。

「……このように、【ミホトケ様】の教えというものは――」

そんな奴《やつ》があまりにも堂々と仏（？）の教えなんて説くもんだから、怪しさが一周回ってしまい、

『こいつ実はただのミスリード要員で、今回のサブストーリーとは特に関係ないのでは？』と思ってしまいそうになること請け合いだ。

まあ、カルロスたちは【安徳院《アントクイン》】が説法をしてる間ずっと探偵漫画の主人公が犯人を睨《にら》みつけてる時の顔みたいな表情をしてたけども。

「あら、もうこんな時間……申し訳ありません。あたくし、つい話に夢中になってしまいました」

「いえ、とてもためになるお話でした。本日はありがとうございました。また聴講に参ります」

「ええ、またいつでもいらしてくださいね」

まだ初日なので様子見ということで、俺たちは話を聞くだけで帰ることにした。

すると、境内を出てすぐにカルロスが口を開く。

「……で、結局なんだったんだアイツ」

「見たまんまなんじゃないか？」

「見てもわからなかったから聞いてんだよ」

案の定、カルロスも混乱しているようだ。

気持ちはとてもよくわかる。

俺も【アヘ声】をプレイしていた時に『もしかしてこいつはモンスターではなく、単にこういうキャラデザなだけなのでは？』と混乱したくらいだ。

今までこの国で出会った人（？）たちの中でも、大将軍と並んで初見時のインパクトがあると思う。

「まあアントクイーン……じゃなかった、【安徳院《アントクイン》】の正体が何であれ、現時点での奴はまだ『怪しげな宗教家』でしかない。寺を隠《かく》れ蓑《みの》にして何か企《たくら》んでいるのか、まずはそれを調べるのが俺たちの仕事だ」

「えっ、意外。あのムシケラに【匂い袋】をブチまけて正体を暴くくらいのことはすると思ってた」

「証拠もなしに殺《ヤ》っちまうとお尋ね者になっちまうからな」

「（あっ、最終的に殺るのは確定なんだね……）」

「（つーか、やっぱりモンスターなのかアレ）」

さらに【安徳院《アントクイン》】の企みを突き止めたからといって、即刻首をはねるわけにもいかない。

その場合は大将軍と裏で繋《つな》がってるのか確認もしないといけないからな。

やることが多くて大変だが、これもレアアイテムのためだ。

「よかった、まだこの国にいらしてたのですね」

「えっ？　ヤクモ姫？」

と、そんなことを考えながら歩いていると、ご隠居の店へ戻る途中で八雲《ヤクモ》と出くわした。

そういえばこの姫、頻繁に城を抜け出しては【雄々津国《オオツノクニ》】の人々の暮らしを見て回ってるくらいには意外とお転婆なんだったか？

まあ言うまでもなくしょっちゅう攫《さら》われてる原因の大半はそれなんだが、城の人々が気づく前に自力で脱出して何食わぬ顔で帰還するから誰も咎《とが》めないらしいんだよな。

「まぁ、姫だなんて……八雲《ヤクモ》、とお呼びくださいまし。その代わり、ワタクシも『模似華《モニカ》』とお呼びしてもよろしいでしょうか？」

「ピエ……じゃ、じゃあヤクモさんで……」

（たぶん）ニコニコしながらモニカとの距離を詰める八雲《ヤクモ》だったが、そこでふと思い出したように真面目な声になった。

「おじいさまから聞き及んでおりますわ。父上を止めるお手伝いをしてくださっているのですよね」

「おじいさま、っていうと、ご隠居さんのことでしょうか？　えっと……はい、なんか成り行きでそうすることになりました」

「本来であれば、これは我が国の問題……異国からいらっしゃったアナタ方を巻き込んでしまったことを謝罪いたしますわ。ですが、今のワタクシには頼れる方がほとんどおりません。ワタクシの味方はおじいさまと、そしてアナタ方だけなのです。無礼を承知で申し上げます。父上のこと、どうかよろしくお願いいたします」

「あっ、そんな！　頭を上げてください！　ちゃんとお礼はいただいてますし、私たちも好きでやってることですから！」

そんな感じでモニカと八雲《ヤクモ》はしばらくの間お互いにペコペコしていた。

うーん、改めて思ったが、この世界では珍しくモニカって良い子だよな。

これで腹ペコモンスターでなければモテモテだったろうに。

でも人間ってのは少しくらい欠点があったほうが魅力的だと思うし。

モニカはこれでいいんだろう。

「……ありがとうございます。決して無茶はなさらないでくださいね。もしワタクシにできることがあれば、何でもおっしゃってくださいまし」

最後にそう言うと、八雲《ヤクモ》は優雅に一礼して去っていった。

なお、【アヘ声】ではどこかのタイミングで八雲《ヤクモ》から『協力する』という言質を取るのもハッピーエンドに必要なフラグだったりするので、図らずもそれを達成したことになる。

まあこの現実となった世界にはゲーム的なフラグなんか存在しないだろうし、言質なんて取らなくても八雲《ヤクモ》なら喜んで協力してくれるだろうけども。

ただ、初めて八雲《ヤクモ》と出会ったのも、今回出会ったのも、この近辺だったことは覚えておくとしよう。

いちおう俺たちは大将軍と敵対しているので【大津之城】に行くのは避けたい。

八雲《ヤクモ》に頼みごとをする必要が出てきたら、この時間帯にこの辺りを捜せば見つかるかもしれない。

ゲームなら他のNPCを無視して八雲《ヤクモ》だけに話しかけることも可能だったが、この世界ではそういうわけにもいかないからな。

城に行ったらまずは城主に挨拶するのが筋というものだろうし。

「ところで、このあとはどうするの大将？」

「順当に聞き込み……といきたいところだが、俺たち（頭部が虫じゃないから）目立つからなあ」

「まぁ（大将は見た目キメラだから）そりゃそうだろうな」

というか、聞き込みしても何も情報が得られないのは原作知識で知ってるからな。

何度か【安徳院《アントクイン》】のところへ行かないと話が進まないので、今日やれることは何もない。

「というか、もうそこそこいい時間だしな。今日は帰るとしようか」

そういうわけで、少し早いが、俺たちは【H&S商会】へと帰還したのだった。

第7章

《表》

【アントクイーン】と相対した翌日。

調査を再開しようと思って【雄々津国《オオツノクニ》】へやってきたら、なんか城が燃えてた。

「ええ……なんじゃこりゃ……」

こんな展開、俺は知らんぞ。

たった一晩でいったい何が起きたってんだ？

「おぉ、春辺流人《ハルベルト》殿！　丁度良いところに！」

とりあえず城を目指して走っていると、俺たちは同じく城を目指していたであろうご隠居たちと出会った。

道すがら彼らから聞いた話によると、本日未明に【働き蟻《はたらあり》】と【吉良《キラ》兄弟】を引き連れた【アントクイーン】が城を強襲したらしい。

ご隠居たちは先んじて隠さんを城へ派遣すると、パニックになった一般市民たちを鎮めるために奔走し、先ほどようやく騒ぎが落ち着いたので城へと向かっていたようだ。

「城の皆さんは無事でしょうか……こんなことになるなら、あの時【アントクイーン】を討伐していれば……」

モニカの沈んだ声に、思わず舌打ちしそうになる。

たしかにモニカの言う通りだ。

こんなことになるなら、さっさと【アントクイーン】の顔面へと【シールドアサルト】を叩《たた》き込んでおけばよかったかもしれない。

「いいや、昨日の時点では【安徳院《アントクイン》】がこのようなことを仕出かす輩《やから》であるとは夢にも思わなんだ。お主らを責めるのは酷というものじゃろう」

「……いいえ。白状しましょう。私は【アントクイーン】が危険なモンスターであると知っておりました。そのことを独断でご隠居に秘匿していたのは、私の落ち度です」

「であれば、ワシも白状するとしよう。実はワシらはお主らを信用しきれておらんかった。お主から【安徳院《アントクイン》】が妖怪の類いであると報告されても、おそらく信じることはなかったじゃろう」

それはそうかもしれないが、俺には原作知識がある。

もっとやりようがあったんじゃないだろうかと思う。

「よしんば拙者らが春辺《ハルベルト》流人殿を全面的に信じたとして、さすがに何の調査もせずにいきなり【安徳院《アントクイン》】を討伐せよ、とはならぬさ。きっとこうなることは避けられなかったのだ。だからあまり抱え込むな」

透さんはそう言ってくれたが、俺が『原作通りに行動すれば、ある程度は原作通りに話が進むだろう』と慢心していたのも事実。

今は原作開始前なのだから原作通りに話が進む保証なんてなかったし、そもそもいくらゲームと非常に似通っていたからといって、この世界は現実なんだからゲームと完全に同じであるはずがない。

そのことについて、心のどこかで『今までなんだかんだ上手《うま》くやれてたし、今回も大丈夫だろう』と軽く考えすぎていたのは明確に俺の落ち度だ。

「そも、異国の民であるお主らを巻き込んだのはワシじゃ。お主が気に病む必要はどこにもない。なぁに、ワシら【雄々津国《オオツノクニ》】の武士《ムシ》は皆、文武両道《ブンブーンりょうどう》の猛者揃《ぞろ》い。そう簡単にくたばりはせぬよ」

そう言ってご隠居がバシンと背中を叩いてくれたことで、気持ちが少しだけ軽くなった俺は、せめてこれ以上の被害を出さないように走るスピードを上げた。

そして『こうなったら隠し事はなしだ』ということで、走りながら【アントクイーン】についての情報を全員で共有することにした。

【アへ声】における【アントクイーン】のステータスは、物理アタッカーとしての性能に偏っていた。

もちろん二周目（に戦うことを想定されていた）ボスなだけあって物理火力以外も高水準ではあったけど、他の二周目ボスと比べればやはり低い方なので、今の俺たちなら普通にダメージを与えられるはずだ。

それだけ聞くと物理攻撃さえ対策すればわりと簡単に倒せそうな気がするが、二周目ボスの真骨頂はステータスではなくそのスキルにある。

【アヘ声】には【呼び声】というカテゴリの特殊なスキルが存在していて、ストーリー後半に出てくるボスやエンディングを迎えた二周目ボスがそれらを使ってきた。

【呼び声】の効果は「耐性を無視して強制的に状態異常を付与する」というもので、しかも【呼び声】で付与された状態異常は戦闘終了まで何をやっても解除できず、ものによっては発動された時点で全滅が確定してしまうという、非常に厄介なものだった。

そして【アントクイーン】も【呼び声】の使い手だった。

【蟻真言《アントラ》】とかいうふざけたスキル名のくせにその効果は絶大で、パーティメンバーの誰か一人に【洗脳】を付与してきたんだよな。

【洗脳】を付与されたパーティメンバーはプレイヤーの操作を受け付けなくなり、【アントクイーン】を庇《かば》って代わりにダメージを受けるようになる。

つまり【アントクイーン】の肉壁にされてしまうわけだ。

とはいえ、【呼び声】にはきちんと対抗策が設定されている。

発動する前のターンには必ず予兆があり、

『ダンジョンに魔性の声が響き渡る！』

というテキストメッセージが表示されていた。

この世界でも敵が怪しげな声を出し始めたらそれを合図に対抗策を実行すればいい。

「ぬう……厄介な……」

そんな感じのことを原作知識をボカして伝えると、ご隠居と隠さんは悩むように唸《うな》った。

「いいからさっさとどうすりゃいいか教えろ」

「どうせすでに対抗策を用意してるんでしょ？」

……カルロスとチャーリーの問いに、思わず押し黙る。

そう、たしかに対抗策はある。

主な対抗策は二つあり、一つは【エンジェルハイロゥ】というスキルを使って『一度だけ【呼び声】を無効化するバリア』をあらかじめ張っておくことだ。

だがこれはメインストーリーを進めることで【アヘ声】主人公が習得できるスキルだったから、俺には使えない。

となればもう一つの対抗策だが……それは、【エンジェルハイロゥ】の効果があるアイテムを使うことだった。

そして、その【エンジェルハイロゥ】の効果があるアイテムとは、【聖剣エンジェルリメイン】と【真聖剣ブレイヴリメイン】のことだ。

「…………………」

エルを見れば、彼女は何も言わず、ただ俺のことを真剣な表情で見つめていた。

数日前、エルが俺に何かを渡そうとした時、ちらりと見えたのは【聖剣エンジェルリメイン】の柄《つか》だった。

つまり、いずれ【アへ声】主人公が手にするはずの剣を、エルは所持しているということだ。

「…………エル、頼めるか？」

「…………よろしいのですか？」

いいわけがない。

主人公が手にするべきものを、ただのモブキャラみたいな俺が手にするなんて、原作崩壊もいいところだ。

それだけじゃない。

【聖剣】はそれ自体に問題がある、いわく付きの品だ。

主人公以外が使えば——いや、たとえ主人公が使っても、色々と問題が起こる。

そんなものを俺が使えば、ただでは済まないのは明白だった。

「それでも、俺は責任を取らないといけない」

「……わかりました」

そうしてエルが掌に魔法陣を出現させようとした瞬間、前方に破壊された城門が見えた。

そしてそこから、城の警備兵が真正面から車に撥《は》ねられたかのような勢いでこちらに向かってカッ飛んできたため、慌てて俺は警備兵を受け止めた。

「こ、これは……！」

隠さんが驚愕《きょうがく》の声を上げる。

城門をくぐると、中では城の警備兵たちがＨＰ０の【戦闘不能】状態で倒れ伏していた。

「すまん、エル。話の続きは後だ」

この様子だとおそらく警備兵は全滅しているだろう。

見たところ戦闘不能になっているだけで、死人は出ていないようなのが不幸中の幸いか。

「よォ、アンタら。来ると思ってたぜ」

そして城の前には、やはりというか【吉良《キラ》兄弟】が立ち塞がっていた。

ただ、吉良《キラ》兄弟の出《い》で立《た》ちが昨日とは違う。

浪人のような着流し姿から一変、豪奢《ごうしゃ》な甲冑《かっちゅう》を着込んでいる。

これは吉良《キラ》兄弟との最終決戦での姿であり、この姿の二人は物理防御力、魔法防御力ともに中ボスに相応《ふさわ》しい耐久能力を備えている。

それはすなわち、【打ち払い】では魔術攻撃と範囲攻撃を防げないという弱点が消失したことを意味する。

「またテメェらかよ……そこをどけ、今はテメェらなんぞに構ってる暇はねーんだよ」

「Just "bee" calm……今日のオレは真剣だぜ。昨日のオレと同じだとは思わないことだ」

「…………」

「ぬぅ、この異様な気配……！　警備兵を全滅させたのはお主らか！」

「これは一筋縄ではいかなそうじゃのう……」

ビーンが自信ありげに言うだけあって、今の彼らは【門番】と同等以上の威圧感を放っている。

特にアントニオの方は昨日の騒がしさが嘘《うそ》のように終始無言であり、異様な雰囲気を放っている。

そういえばアントニオは頭が蟻だからか【アントクイーン】の洗脳の影響を強く受けてるらしく、最終決戦時は肉体のリミッターが外れてるって設定だった記憶がある。

「The party is just "bee"ginning……さあ、決着をつけようぜ」

そうして、戦いの幕が切って落とされた――


「唸れ、アイテムスローで鍛えた俺のクイック投法！！！」

「Un"bee"lievable――!?」


――と同時に、俺が投げた【一夜の夢】の薬瓶がビーンの顔面に炸裂《さくれつ》した。

うん、まあ、ボス並みになったのは耐久面だけで、状態異常への耐性はガバガバのまんまなんだよな。

モニカを警戒して注意がそちらに向いていたのか、ビーンは薬瓶を回避できず、もんどり打って倒れてそのまま【睡眠】状態となった。

そして呆気《あっけ》に取られたように棒立ちだったアントニオにも薬瓶を直撃させると、俺は素早く彼らをロープで縛って身動きができないように拘束してやった。

俺の勝ちである。


「えぇ～……今の、完全に正々堂々戦う流れだったじゃないですか」

「俺たちはこれから【アントクイーン】を倒さないといけないんだぞ。時間的にも体力的にもそんな余裕はないだろ？」

「それはそうですけど……」

とはいえ、これも現実だから可能になった勝利だけどな。

【アヘ声】だと【睡眠】は二ターン行動不能になるだけの状態異常だった。

なので敵全体を眠らせたからといって戦闘終了なんてことにはならなかったけど、この世界では見ての通り【睡眠】中の敵にはやりたい放題できるので、戦闘不能並みにヤバイ状態異常と化している。

「ヤバイ状態異常に何の対抗策も用意してない方が悪い。俺だって【睡眠】無効の装備品は常に携帯してるし、皆にも配布してるだろ？」

「そういうもんかなぁ……？……うーん、そうかも……」

「（相手の隙を生み出す視線誘導技術に加え、予備動作の少ない投擲《とうてき》技術に、縄を使った捕縛術……そしていざ自分が同じことをされた場合の対抗策も完璧とはのぅ）」

「(見事なものよ。同じ忍びの者として、拙者も負けてはおれぬな)」

「ともかく、先を急ごう。城の中にいる人たちが心配だ」

そう言いながら俺は地面に落ちていたビーンの居合刀【首紅透刃《クビアカスカシバ》】を拾って【鞄《かばん》】に入れると、城の中に突入したのだった。

《裏》

ハルベルトという冒険者について、最近では【迷宮走者】という異名が広まりつつあるものの、この男を【黒き狂人】と呼ぶ冒険者はまだまだ多い。

ぶっちゃけこの男の所業を考えると【狂人】呼ばわりも仕方がないことである。

このように、人間から見た【狂人】は賛否両論であるわけなのだが。

では、モンスターから見た【狂人】はどういった存在であるのか。

前提として、【狂人】が【フェアリー】どもを滅ぼしたという話は、ダンジョン上層から下層のモンスターにまで広まっている。

基本的にモンスターは冒険者のように別の層へと移動することはできないのだが、かつて上層のモンスターがルカに対し、

『また【ゴーレム】の試運転のために我らを殺すのか!』

と言っていたり、中層の【ノーム】が罪を犯した同族に対して、

『火刑にした後で下層の海に遺灰を撒く』

という行為を極刑として採用していたりといったことからわかるように、一部のモンスターは隣の層へと繋《つな》がる抜け道を知っている。

そのため、中層で起きた【フェアリー】虐殺事件は、そういったモンスターを介して下層にも広まっているのだ。

そのうえで、【狂人】の言動と容姿がモンスターにとってどのようなものなのか考えてみると……。

まず、言動については言うまでもなくド畜生である。

【狂人】と遭遇したモンスターは例の高笑いやら意味不明な説明口調やらとともに襲撃され、死ぬまで追いかけられて経験値に変えられてしまう。

命乞いをしても【狂人】にはモンスターの言語がわからないので無意味だ。

また、【狂人】の容姿であるが、『新種の【ゴーレム】』やら『キメラ』やら散々な言われようであり、もはや人間ではなくモンスター扱いである。

しかもこの男は【女王のマント】、つまり『自らの手で殺したモンスターの所持品』を装飾品として身につけている。

モンスターから見たこれらの【狂人】の特徴を、人間にもわかりやすく言うのであれば、

『言語が通じず』

『哄笑《こうしょう》や雄叫《おたけ》びを上げながら共食いをしようと襲いかかってくる』

『殺して食った人間の頭蓋骨をネックレスにして着飾る文化を持った異民族』である。そんな存在を人は何と呼ぶか。

そう、『蛮族』である。

……では、そんな『蛮族』がある日突然徒党を組んで自宅に押し掛けてきて、自分のことを何やら物凄《ものすご》い目つきで睨《にら》んできたらどう思うだろうか?

「ほ、ほげえええええ!?　蛮族が攻めてきよったあああ!?　食い殺されるううう!?」

その日【アントクイーン】は、表面上は余裕があるように取り繕いつつも、内心では死を覚悟した。

【狂人】が何を考えているかはわからなかったものの、【狂人】が引き連れていた仲間のギラギラした眼(※【アントクイーン】目線)を見ればわかる。

「や、奴《やつ》らめ……もしや、妾《わらわ》一族を捕まえて食料にする気なのかえ!?　嫌じゃ!　化物の餌になどなりとうない!」

【狂人】たちが帰った後、【アントクイーン】はそれはもう狼狽《うろた》えた。

奴らが今回やってきた目的は『狩場の下見』であり、明日には大量の蛮族を引き連れて自分の巣に攻めてくるのではないか。

そんな嫌な想像をしてしまったのである。

もちろん【アントクイーン】の勘違い……とは言い切れないのが悲しいところだ。

『食べるため』ではなく『レアアイテムを手に入れるため』という違いはあれど、最終的に【狂人】が【アントクイーン】を一族郎党皆殺しにしようとしていることに変わりはないからだ。

「よりによってこんな時に……否、こんな時だからこそ仕掛けてきたのかえ!?」

また、【アントクイーン】にとってこのタイミングで自分たちの巣穴を攻められるのは非常に都合が悪かった。

【アントクイーン】のモチーフとなったサムライアリだが、実は自力で巣を作らない。

サムライアリの女王は他の蟻《あり》の巣に単騎突撃をかました後、女王蟻を食い殺して巣を乗っ取るのである。

それは【アントクイーン】も同様だ。

【安徳院《アントクイン》】を名乗っているこの個体、実は代替わりによって誕生した新たな【クイーン】であり、【雄々津国《オオツノクニ》】を自らの巣と定めて侵略しにやってきたのだ。

もっとも、『単騎突撃で巣を乗っ取る』ところまでサムライアリと同じではなく、侵略の際には『働き蟻』を生み出してその力を借りる。

そうして【アントクイーン】はこの国の住民を洗脳して奴隷を増やし、ゆくゆくは大将軍をも手中に収めるつもりだった。

彼は『大将軍』を名乗るだけあってこの国で最強の武士《ムシ》であり、真正面から挑んでも勝てはするだろうが【アントクイーン】もただでは済まず、酷《ひど》い傷を負ってその後の繁殖に支障が出る可能性がある。

そのため、気づかれない程度にゆっくりと洗脳していくのが理想である……の、だが。

実は【アントクイーン】の代替わりが起こってからまだ一年も経《た》っておらず、【雄々津《オオツノ》国《クニ》】の侵略は初期段階、まだ足場を固め切れていないのだ。

【アヘ声】のストーリーが始まって原作主人公が新米冒険者となる頃には侵略も最終段階を迎え、【狂人】が言うような強大な戦力が整っているのだろうが……今の【アントクイーン】が所持する戦力は、なんと巫女《みこ》に扮《ふん》して境内を掃除している「働き蟻」が数十匹のみという有様であった。

というのも、【アントクイーン】はこの国の治安を悪化させて住民の不安を煽《あお》り、より洗脳しやすくするための一手として、外から連れてきたレアモンスターをこの国のいたるところに配置して暴れさせていたのだが、気づいたらその全てと連絡が取れなくなっていたのである。

図らずも【狂人】は【アントクイーン】のほぼ全戦力を壊滅させていたのだ。

他にも『凄腕の殺し屋兄弟』という噂《うわさ》を聞いて洗脳した奴隷が二人いるのだが、大将軍と戦う際の切り札として娘を攫《さら》ってくるように命令したものの、いまだに目的を果たせていない無能っぷり（※八雲《ヤクモ》がすごいだけ）であったため、【アントクイーン】は早々に見切りをつけていた。

あとは身の回りの世話をさせるために洗脳した一般市民もいるにはいるが、しょせんは非戦闘用員なので戦力には数えられない。

よって、実質的に【アントクイーン】が持つ戦力は『働き蟻』数十体だけである。

そんな状況で【狂人】を相手にするのは無理だと【アントクイーン】は判断した。

なにせ【アントクイーン】と【フェアリークイーン】はステータス傾向や所持スキルは違えどレベル的にはほぼ同格であり、その【フェアリークイーン】を牙城ごと叩《たた》き潰したのが【狂人】である。

牙城どころかまともな戦力すらも用意できていないのに、【アントクイーン】が【狂人】を迎え撃つなど不可能だろう。

「えっ、というかあの蛮族ども、【フェアリークイーン】を花園ごと滅ぼしてしもうたんじゃろ？　しかも全員【女王のマント】装備しとらんかったか？　えっ、【クイーン】を最低でも六体は殺して食っとるんか？　ヤバいってレベルではないのじゃが？？？」

実際は【フェアリークイーン】が本気を出す前に原作知識によって、徹底的にメタを張って一切何もさせずに倒しただけであるし、倒したことがあるのは【フェアリークイーン】一体だけなのだが。

その事実を知る【フェアリー】がほとんど生き残っていないせいで、【アントクイーン】

はそこまでの情報を得ていない。

「聞いた話によれば、奴は地の果てまで追いかけて殺しにかかるという。どこにも逃げ場がないのならば、どうにか撃退するしかない……！」

結果、なんかもう【狂人】のことが蛮族どころか地球で言うところのプ○デター的なクリーチャーのように思えてきた【アントクイーン】。

彼女がどうやってプレ○ター的なクリーチャーを追い払えばいいのだろうかとあれこれ考えた結果——

『一《いち》か八《ばち》か、大将軍を食ろうて一気にこの国を奪うしかない……！　そのうえでこの国の全住民を奴にけしかけるのじゃ！』

焦りによって非常に短絡的な解決方法に縋《すが》ってしまったのだ。

「ぬぅ……！　キサマ、ワレの野望に加担すると誓っておきながら、たった数ヶ月で裏切るとはな！」

「ほほほほほ！　最初からお前など妾がこの国を巣穴とするための駒に過ぎぬわ！」

そうして、【アントクイーン】は【雄々津之城】に攻め入った。

幸運なことに、今のところ【アントクイーン】の企《たくら》みは上手《うま》くいっていた。

【狂人】が吉良《キラ》兄弟を突破した頃には、大将軍はすでに満身創痍《まんしんそうい》で片膝をついており、対して【アントクイーン】は傷を負いながらも健在であった。

勝負の行方は誰が見ても明らかである。

「フッ、八雲《ヤクモ》の言う通りであったな……ワレも人を見る目がない。兄者が亡くなって大将軍を継いだものの、しょせんワレは剣の道しか知らぬ男。人の上に立つ器ではなかったか」

「ほほほ、案ずるな。お前に代わって妾がこの国を富ませてやろう。もっとも、その富を享受できるのは妾一族のみ――」

「だが！　人を見る目はなくとも強者を見抜く目は確かであったな！　やはりキサマはただの尼僧ではなかった！　キサマの武勇、敵ながらアッパレである！！！」

「……えぇ……お前の情緒はどうなっておるのじゃ……？」


突然ガハハと豪快に笑いだした大将軍を見て、【アントクイーン】は一気に疲れが押し寄せてきたような気がして寺に帰りたくなったが、すんでのところで思いとどまる。

そして咳払《せきばら》いをして気を取り直すと、大将軍に向かってお経のようなものを唱え始めた。

無論、それはお経などでは断じてない。【アントクイーン】の口から紡がれる魔性の響きは、耳にした者を破滅へと誘《いざな》う【呼び声】である。

本来であれば【呼び声】は世界を滅ぼすためだけに存在する邪神が持つ能力の一つであ

るが、ダンジョンの中で長く生きたモンスターが稀《まれ》に邪神が放つ「ある種の波動」を受け続けたことで突然変異を起こし、邪神と似たような能力を得ることがある。

そういったモンスターは邪神と同様に世界を滅ぼさんと活動を始めるため、かつて勇者が生きていた時代では【偽神】と呼ばれて恐れられていたのだが……それはともかく。

「……八雲《ヤクモ》……すまぬ……」

そのような邪神由来の強大な力に、ただの人間（？）である大将軍が抗《あらが》えるはずもなく。

大将軍の瞳から光が失われるまでに、そう長くはかからなかった。

「（……ふぅ。ひとまずなんとかなったのじゃ。とはいえ、このような場所で行った簡略的な洗脳では、いずれ大将軍は正気を取り戻してしまうじゃろう。早々に寺へと連れ帰って洗脳を完璧なものとせねば――）」

【アントクイーン】がそこまで考えた時であった。


「ミイイイイジッ！　待てぃ！　貴様の悪事もそれまでだ！！！」

スパァン！　と大きな音を立てて襖《ふすま》が開け放たれたかと思うと、インパクト抜群の二人組が部屋の中に雪崩《なだ》れ込んできた。
そしてその片割れ――『ご隠居』と呼ばれていたサナギ人間の背中がバリッと裂けると、中から筋骨隆々な肉体を持つ蝶頭《ちょうあたま》が文字通り飛び出してきた。

「ミイイイジッ！　この紋様が目に入らぬかぁ！」

蝶頭がマッスルポーズを取った瞬間、その背中に生えていた光沢のある青紫色の美しい羽がバサリと広がり、輝きを放ち始める。

「ミイイイジッ！　この御方《おかた》を誰と心得る！　先代大将軍、佐々木《ササキ》・大斑介《オオムラノスケ》・国長《クニナガ》様にあらせられるぞ！　頭が高いぞ！　控えおろう！」

サナギ人間改め、蝶頭の脇に控えていた蟬頭《せみあたま》も一緒にマッスルポーズを取ると、二人組の背後で謎の爆発が起こった。

いや、実際には起きていないのだが、【アントクイーン】はなぜかそんな訳のわからない光景を幻視してしまったのだ。

「………………」

そんなものを見せられてしまい、当然のごとく理解が追いつかずに思考停止する【アントクイーン】。

だが、この場においてその隙は致命的であった。

「隙だらけだぜオラァッ！」

んだ。

「へぶぅ！？！？！？」

二人組の後ろに隠れていた【狂人】が飛び出し、顔面に【シールドアサルト】を叩き込んだ。

「今だ！　一気に殺《ヤ》るぞ！！！」

「ぬわあぁぁぁぁぁ！？！？！？」

そして空を飛んで天守閣の櫓《やぐら》へと乗り込み、背後から【アントクイーン】を強襲するカルロスたち。

これは【狂人】が考えた作戦であった。

まずは蟬頭が【ミイイイイジッ！】という『敵の攻撃のターゲットを自身に集中させる』効果のあるスキルを使って【アントクイーン】の注意を引く。

この際、蟬頭がヘイトを稼ぎすぎると【アントクイーン】がキレてすぐさま攻撃に移る可能性を考慮し、蝶頭が正体を明かして衝撃を与える。

そして無防備になったところに最大火力を叩き込み、一気にＨＰを削ってしまおう、という作戦である。

【アントクイーン】は周回プレイを前提とするような難易度の高いボスモンスターであり、この世界においてもすさまじい強さを誇っている。

格上殺しをやり遂げるには、奇襲上等で敵を無防備にすることによって防御力を無視しつつ、かつ無防備な状態から立ち直る前に勝負を決めなければ勝ち目がないのである。

正面から戦おうものなら、自爆覚悟で特攻したとしてもせいぜい少しの時間稼ぎにしかならないだろう。


「うおおおお！　【零ノ剣】（※全HPと引き換えの超火力攻撃）だオラァッ！！」

「ぎえええ――――！？！？！？」

「ウワ――ッ!?　なにしてんの大将ォォォォォ!?」

「ぬうん！　【食いしばり】ィ！！！」

「ヒッデェ自爆特攻詐欺を見たぜ……」


なお、それはそれとしてダメージ効率のために自爆特攻はする模様。

しかもちゃっかりとパッシブスキルの効果で生き残っている。

【アヘ声】プレイヤーからは【倫理観ゼロの剣】と呼ばれていた外道コンボであった。

それを躊躇《ためら》いもなくやるあたり、ただでさえ初めから足りてなかった【狂人】の頭のネジがこの世界で暮らすうちにさらに外れてしまっているのは言うまでもない。

「な、なにをしておる大将軍！　妾《わらわ》を守らんか！」

「おおっと、そうはさせぬよ」

ここでようやく再起動を果たした【アントクイーン】が大将軍を操り、【狂人】たちの攻撃を肩代わりさせようとする。

だが、その前に蝶頭が懐からある物を取り出した。

「大将軍……いや、我が息子よ！　お主の弱点はよーくわかっておる！　お主の弱点、それは……コレじゃあ！！！」

蝶頭が掲げた物、それは桐《きり》の箱に入った高級そうな菓子であった。

楕円《だえん》形のパイにも似たお菓子はこんがりとした焼き色をしており、さながら黄金でできた貨幣のようであった。


「……ウ、ウオオオオ……！　ソ、ソレハ……マサカ……!?」

「あ、あれは!?　予約殺到で半年先まで入荷待ちという幻の銘菓!?　その名も【山吹色のお菓子】！！！」

「いや、なんでモニカがソレを知ってんだよ！　つーかそれ『賄賂』の隠語じゃなくてマジで菓子だったのかよ！！！」

「【山吹色のお菓子】ィィィィ！！！」

モニカとカルロスが叫ぶのを尻目に、蝶頭が菓子をポイッと箱ごと櫓の外へと放り投げると、大将軍はそれを追って空へとダイブしていった。

「おいいい!?　飛び降りたぞ!?　この高さじゃバラバラ死体になるんじゃねーか!?」

「なに、奴《やつ》は無駄に生命力が高いから心配無用じゃ。外患を引き入れたあげく洗脳されて被害を拡大させるようなバカ息子には、むしろ良い薬じゃろうて」

「ふ、ふん！　少し驚いたが、ならば新たな肉壁を作ればよいだけのこと！　我が【呼び声】に平伏《ひれふ》すがよい！」

再びダンジョン内に魔性の声が響き渡り、【狂人】を傀儡《かいらい》にせんと襲いかかる。

至近距離で【呼び声】を受けてしまった【狂人】はフラフラと【アントクイーン】に歩み寄ると――

「もう一発！！！」

「はぅおっ！？！？！？」

勝ち誇った笑みを浮かべる【アントクイーン】の顔に、再び渾身《こんしん》の一撃を叩《たた》き込んだ。

「バカな……【エンジェルハイロゥ】じゃと!?」

そこでようやく、【アントクイーン】は【狂人】たちの頭上に天使の輪のようなものが浮かんでいることに気づいた。

「まさか貴様、その剣は……!?」

そうして【アントクイーン】は、【狂人】の手に握られている豪華な装飾が施された剣を見た。

「そう、そのまさかだぜ！」

聖なる光を纏《まと》う刀身、それはまさしく――

「下層でドロップした光属性の剣、【ライトブレイド】だ！」

「って、【聖剣】じゃないんか――――い！！！」

「隙ありィ！！！　さらにもう一発ッ！！！」

「しまっ――ぐわあああああ!?」

執拗《しつよう》に顔面をブン殴られ、たまらず悶絶《もんぜつ》する【アントクイーーン】。

【狂人】の手に握られていたのは【聖剣エンジェルリメイン】ではなかった。

【アントクイーーン】にツッコミを入れさせて隙をつくためだけに用意された、ただのそれっぽい剣である。

「しかし、その光輪は【エンジェルハイロゥ】そのものではないか！　勇者の力も、【聖剣】の力もなしに、いったいどういうカラクリなのじゃ!?」

【アントクイーーン】の言う通り、【エンジェルハイロゥ】の効果はしっかりと発揮されている。

そして【狂人】には勇者の力などない。となれば、【聖剣】の使い手が必ずどこかにいるはずだが――

「ハルベルト様ー……頑張ってくださーい……」

そのカラクリの正体は、【狂人】の後方にて死んだ目で【聖剣】を応援旗のようにブンブン振り回すエルであった。

ＲＰＧにおいて、道具として使うと魔法と同じ効果がある武器というのは珍しくない。

そして、そういう武器は『道具として使うだけなら装備する必要はない』ことが多い。

そういう武器は主人公専用装備だと勘違いされやすいが、道具として使う分には主人公以外が装備せずに持ってるだけでいいのである。

それは【アへ声】についても同様であり、【エンジェルハイロゥ】の発動が目的で武器として使う気がないのであれば、【聖剣】は主人公以外が持っていても構わないのだ。

「いや、だってエルという『【聖剣】を使っても特にデメリットがない奴』がいるんだから、わざわざ俺が使う必要なくね？」

とは、【狂人】の弁である。

なにせ、『エンジェルリメイン』という名前が示す通り、【聖剣】は天使の遺体から作られる武器である。

ようするに、エルの『使用済みの肉体』から作られた武器が【聖剣】なので、本人が使う分には何も問題ないのである。

「あの……ところで、どうしてわたくしが【聖剣】を使っているのですか？」

「さっき『頼めるか？』って聞いたら『わかりました』って言ったじゃん」

「そういう意味ではなかったのですが……というか『責任』云々《うんぬん》の話はどこへ……？」

「『責任を取って誠心誠意エルに【聖剣】を使ってもらえないか頼んだ』だろ」

「…………」

エルは『思ってたのと違う……』と呟《つぶや》くと、やがて考えるのをやめ、ただ【聖剣】をブンブンする機械と化した。

「ま、まだじゃ！　まだ勝負はついておらぬ！」

頼みの綱であった大将軍をリングアウトされ、【呼び声】も効果がない。

いよいよ進退窮まった【アントクイーン】であったが、最後の手段として思念波を飛ばし始めた。

その思念波を受け、【アントクイーン】の眷属《けんぞく》である【働き蟻】たちがその場に姿を現す。

「えっ!?　ヤクモさん!?」

【働き蟻】たちの手の中には、城内で気絶させられ連れてこられた人質の姿があった。

さらに悪いことに、その中には八雲《ヤクモ》の姿もある。

【働き蟻】たちは見せつけるように手にした刀を人質たちの首に突きつける。

「くっ、人質とは卑怯《ひきょう》な……!?」

「いや、不意打ち騙《だま》し討《う》ち上等で姿を強襲しておいてどの口が『卑怯』とか言うんじゃと問い詰めてやりたいところじゃが……まぁ良いわ。これで形勢逆転じゃ！」

得意げに語る【アントクイーン】であったが、しかしその余裕も長くは続かなかった。

「【ガードアッパー】【ガードアッパー】【ガードアッパー】……」

「……そろそろ頃合いかのぅ。今じゃ、透さん！」

「木ノ葉流忍術奥義、【木ノ葉烈風】！！！」

何もない空間から突如としてコノハムシ頭が出現、忍術とは全く関係ない回転蹴りという名の暴力が人質もろとも【働き蟻】たちを襲う。

しかし【アントクイーン】が悠長に勝利宣言をしている間にチャーリーが人質たちに防御力上昇魔術をかけまくった結果、【働き蟻】のみがダメージを受けて蹴り飛ばされてしまったのだ。

今まで【働き蟻】たちの姿がなかったことから、奴らがどこか別の場所で人質を取ろうと暗躍しているのだろう、と見抜いていた蝶頭《ちょうあたま》の采配により、コノハムシ頭は今までずっとステルス状態で隠れていたのである。

「……ここはいったい……。……はっ!?　キエェェェェェ！！！」

そして目を覚ました八雲《ヤクモ》は瞬時に状況を理解し、けたたましい猿叫をあげながら【働き蟻】に見事な背負い投げを決めてトドメを刺した。

【アントクイーン】の用意していた策が全て崩壊した瞬間であった。

「(な、なぜじゃあ!?　妾の計画は完璧であったはず！　いったいどこで間違えたというのじゃあ!?)」

「(たぶん間違ってはいなかったんだろうね。まっ、主みたいな化物が存在してたのが運の尽きってやつさ)」

思わず地が出たのか思念波で絶叫した【アントクイーン】に、モンスターであるがゆえに唯一その思念波が理解できるルカが返答する。

ルカの言う通り、【アントクイーン】のやり方は間違ってはいなかった。

本来ならば【アントクイーン】は原作開始時点で【雄々津国《オオツノクニ》】を手中に収める一歩手前まで計画を進めるはずであったし、原作主人公の選択によっては姿を見せぬまま裏で暗躍を続け、やがて国を手中に収めただろう。

実のところ、【雄々津国《オオツノクニ》】が鎖国状態であったり、大将軍が野望を抱くようになったりしたのは、【アントクイーン】が洗脳能力を使いつつ大将軍を唆《そそのか》したのが原因であり、それらによって【アントクイーン】は、本来であれば冒険者の介入を最小限に抑えたまま計画を実行できたはずなのだ。

過去に蝶頭が協力を要請した冒険者は【狂人】以外にも存在したが、いずれも【アントクイーン】が大将軍にあることないこと吹き込んで『内政干渉』を理由に国から追い出している。

【アントクイーン】の計画は誰にも邪魔されることはないはずであった。

もし、何かが間違っていたとするならば、それは【狂人】とかいうバグみたいな奴の存在そのものだろう。


「(そ、そんな理不尽なぁぁぁぁぁ!?)」


激化する【狂人】たちの攻勢。

ゴリゴリと削られていく【アントクイーン】のHP。

彼女にとって唯一の救いは、執拗に顔面を殴られ前が見えねぇ状態になったことにより、

「【ミラージュステップ】！【ミラージュステップ】！【ミラージュステップ】！　フゥーハッハァ！　そんな攻撃当たらないぜ！」

「ミイイイイイッ！　拙者の【空蟬《うつせみ》】の術、貴様ごときに見破れるか！」

「蝶のように舞い！　蝶のように美しく！　食らえぃ！【真《シン》・蝶ノ羽バタキ《バタフライエフェクト》・絶飛《ゼット》】じゃあ！！！」


飛び回りながら空中でステップを踏むキメラみてーな変態、飛び回りながら空中で脱皮

を繰り返す褌《ふんどし》一丁の変態、飛び回りながら空中でマッスルポーズを取って謎ビームを乱射する変態が織りなす、（悪）夢の共演を見ないで済んだことだろう。

なお、これを直視してしまったカルロスたちは目からハイライトが消えている。

唯一無事なのは、せっせと【アントクイーン】のボディに手刀を叩き込んでいる八雲《ヤクモ》くらいのものだ。

なにせ、この程度の光景は【雄々津国《オオツノクニ》】では日常茶飯事だからだ。

地獄である。

「（ぬわあああああ！　こんな終わり方はイヤじゃああああ！）」

その言葉を最期に【アントクイーン】はＨＰを全て失い、ズシンと天守閣を揺らして倒れ伏したのだった……。

エピローグ

《表》

その後、ご隠居が手配していた消防隊によって【雄々津之城】の火が消し止められ、【アントクイーン】が引き起こした事件は収束した。

【アントクイーン】は尋問後に処刑される運びとなったため、俺が尋問官を買って出た。

結果については……まあ、特に有益な情報は出なかったが、得るものは得た、とだけ。

尋問が終わってからは脱獄などさせないよう警備と監視を徹底し、最後は打首になったのをしっかり見届けた。

大将軍は今回の責任を取って切腹すると言い出したが、八雲《ヤクモ》やご隠居たちと話し合った末に大将軍を続けることになったらしい。

そこにどんな政治的思惑があったのかは知らないが、後に大将軍と会った時はどことなく憑《つ》き物《もの》が落ちたような雰囲気だったので、まあ悪いようにはならないだろう。

八雲《ヤクモ》は俺の提案により『【アントクイーン】を討ち、この国を救った英雄』になった。

まあ最初に大将軍を止めようと動いたのは八雲《ヤクモ》なので、あながち間違いでもない。

八雲《ヤクモ》本人は俺たちこそが英雄として称《たた》えられるべきだと最後まで主張してくれたが、俺はそんな上等な人間じゃないからな……。

原作知識に囚われて失敗した俺と違ってカルロスたちは称賛されて然《しか》るべきなので、『八雲《ヤクモ》と一緒に堂々と英雄になってこい』と言ったんだが、カルロスたちは『大将が辞退するなら俺たちも辞退する』と言ってくれた。

まったく、良い仲間を持てて俺は幸せ者だな。

最後に、ご隠居たちは【雄々津之城】の再建まで八雲《ヤクモ》たちに屋敷を提供しつつ、八雲《ヤクモ》の教育係として大将軍になるために必要な知識を教えるみたいだ。

俺たちへの報酬については、当初要求するつもりだったものをほとんどそのまま用意してもらえることになった。

最初は罪悪感から辞退しようかと思っていたんだが、結局『国を救った英雄にタダ働きさせたとあっては先代大将軍の名折れ』と押し切られてしまった。

「それでは皆さま、参りましょうか。本日はよろしくお願いしますね」

あと、マップ埋めについても八雲《ヤクモ》の監視つきという条件付きで許可が下りた。

まあ監視というよりかは八雲《ヤクモ》の社会勉強がメインで、俺たちはその護衛といったところだろうが。

「任せてくだせぇ、八雲《ヤクモ》の姐《あね》さん！　姐さんのことも、春辺流人《ハルベルト》のアニキたちのことも、このアントニオが命に代えてでもお守りしやすぜ！」

「"Bee" careful……くれぐれも無茶はするな。兄貴も姫様も慈悲深いお方だ、オレたちの死を望まれない」

「おい、なんでコイツらがここにいて、しかも舎弟面してやがんだよ」

「…………慈悲深い？？？　誰のこと？？？」


ちなみに、吉良《キラ》兄弟はいつの間にか八雲《ヤクモ》の家臣になっていた。

【アントクイーン】に洗脳されていたとはいえ、警備兵にあれほどの被害を出した奴《やつ》らが八雲《ヤクモ》の護衛として受け入れられてるあたり、この国は脳筋思考だなと思う。

いやまあ、実は俺の知らないところで何かしらの軋轢《あつれき》があるのかもしれないけども。

「結構歩きましたね。そろそろ休憩にいたしましょうか？　この近くにワタクシの行きつけの茶屋がございます。きっと模似華《モニカ》さまたちのお口にも合うと思いますわ」

「わ〜！　そうなんですか！　楽しみですね！」

「モニカちゃん、順調に餌付けされていってるね」

「八雲《ヤクモ》の姐さんのこと苦手そうにしてたのに、食い物が絡んだ途端コレだもんな。模似華《モニカ》の姐さんも相当食い意地張ってるよな」

「"Bee" quiet……余計なことを言って人の恋路を邪魔するヤツは、カマドウマに蹴られて死んじまうんだぜ」

「そこ！　聞こえてますからね!?　違いますから！　たしかに私はクモが苦手ですけど、

八雲《ヤクモ》さんは特別なんですっ！　食べ物につられてなんていませんっ！」

「まあっ！　特別だなんて……嬉《うれ》しい……ポッ」

「えっ……や～、あの、今のは友達って意味でですね……」

「えぇい……こいつら、最初から味方側《こっち》だったみてーに馴染《なじ》みやがって」

まあまあ、いいじゃないかカルロス。

仲良きことは美しきかな、ってやつだ。

なにより、こういうのは見てる分には面白いからな！


と、そんな感じで俺たちは数日間【雄々津国《オオツノクニ》】と自宅を行ったり来たりして過ごした。

「春辺流人《ハルベルト》殿、貴殿に改めて感謝を。此度《こたび》の恩、ワシらは決して忘れませぬ。貴殿が目的を達成できることを祈っておりますぞ」

「ミイイイイジッ！　拙者らもお主には負けておれん！」

「然り！　我々も精進するとしよう！」

「ええ、皆さんもお元気で」

「何か勘違いされてる気がするなぁ。まぁ二度と会うこともないだろうし、べつにどうでもいいかな」

そして、やるべきことをやり終えた俺たちは、次の階層へと進むことにした。

「皆さま、模似華《モニカ》さま、いつでも【雄々津国《オオツノクニ》】にいらしてくださいまし」

「はい、また食べ歩きに行きましょうね！」

「“Arri”vederci! またいつでも来いよ！」

「縁があればまた会えるさ、May“bee”」

「うん、またね。今度は俺が故郷の料理をご馳走《ちそう》するよ」

「軽郎《カルロス》よ！　万が一路頭に迷うことがあればワレのもとへ来い！　いつでもワレの家臣に迎え入れてやろう！」

「おう、なんでアンタは俺ンとこに来たんだ大将軍。アンタとの間には大した絡みもなかったはずだろ」

「ボクらの中で一番会話《ツッコミ》してたからでしょ」

　力強い応援の言葉をくれるご隠居たち、着実にモニカの攻略を進める八雲《ヤクモ》、いつの間にか料理を通じてチャーリーと仲良くなっていた吉良《キラ》兄弟、そして最もカルロスが会話《ツッコミ》していたためかカルロスへの好感度が一番高いらしい大将軍……といった錚々《そうそう》たるメンバーに見送られ、俺たちは【雄々津国《オオツノクニ》】を後にした。

「なんというか、終わってみればあっと言う間でしたね」

「最初は『またヤバい所に連れてこられたなぁ』とか思ってたけど、しばらく過ごしてみると意外といい国だったね」

「……いい国だったか……？　ひょっとして俺がおかしいのか……？？？」

「いえ、カルロス様が正しいと思います。お願いですからそのまともな感性を大事になさってください」

「いくら人間の世界に疎いボクでも、この国がブッ飛んでることくらいわかるよ」

こうして、それぞれがこの国で過ごした日々に思いを馳《は》せつつ、俺たちはダンジョンの最奥を目指して旅立つのだった。

《裏》

「っしゃっせぇー！　っりあとうござっしたー！」

「はいよー、またのお越しをお待ちしてますぜ」

【狂人】たちが【雄々津国《オオツノクニ》】で過ごしている間、アーロンはフランクリンと共に【H&S商会】を切り盛りしていた。

「おっと、今日はいつもの鍛冶師のトコと、それから【ギルド】に行かなきゃならねーんだった。悪ィが少しの間だけ外すぜ」

「あー、修繕依頼出してた備品の受け取りと、【蘇生薬《そせいやく》】の増産の話をするんだっけか。しゃあねぇな、サボったりせずさっさと帰ってこいよ」

「やー、わかってるわかってる」

そんなやり取りをしつつ、アーロンは店を出て【ミニアスケイジ】の商業区画へと向かった。

「(さて……明日からカルロスたちはしばらくパーティから外れて、俺がダンジョン攻略に加わるのか)」

その途中、アーロンは心の中で独りごちつつ、げんなりした表情のカルロスたちを思い出して忍び笑いを漏らす。

この男、実は【雄々津国《オオツノクニ》】のことを知っていたが、カルロスたちのリアクションが見たくて黙っていたのである。

「(……まっ、言ったところで信じたかは怪しいけどな)」

むしろそっちの方が面白い反応が見られたか？

などと自分の信用のなさまで利用してカルロスたちをからかおうとするあたり、相変わらず性格の悪い男であった。

とはいえ、アーロンの『言ったところで信じたかは怪しい』という考えは、あながち間違いとも言えなかったりする。

というのも、過去に【雄々津国《オオツノクニ》】の存在を【冒険者ギルド】に報告した冒険者がいたにはいたのだが、その際ギルド職員から、

『あぁ、ダンジョン下層という過酷な環境で戦ってるせいで疲れてるんだなこの人』

という反応が返ってきたからだ。

ギルド職員を責めてはいけない。

そもそもここはダンジョンからモンスターが少し溢《あふ》れ出しただけで一国が滅ぶような世

界である。

そんな危険なモンスターが蔓延《はびこ》るダンジョンの中に、人が住んでいるどころか国を形成しているというだけでも信じがたいのに、その頭部が虫であるなどと言ったところで、

『それはいったい何の冗談だ』

と笑われるのがオチである。

また、そもそも下層まで到達できるような凄腕《すごうで》の冒険者がそう多くないうえ、【雄々津《オオツノ》国《クニ》】が鎖国状態だったためろくにマップ埋めもできず。

その存在の証拠が乏しかったこともあり、いつしか下層で活動する冒険者は【雄々津《オオツノ》国《クニ》】のことを話題にするのをやめてしまったのである。

「おーい、おやっさん！　依頼してた備品を取りに来たぜ！」

そんなことを考えつつ、顔馴染みの鍛冶師の工房に到着したアーロンは、彼に声を掛けようとして――

「ブゥゥゥン！！！　遅いぞアーロン！！！　このおチョウし者めが、毎度毎度時間ギリギリに来よって！　時間に余裕を持てといつも言っておるだろうが！！！」

――そのまま石像のように全身を硬直させた。

それはそうだろう。ある日突然、知り合いの頭がカブトムシになっていたら誰だってそ

うなる。

「なんだ!?　人の顔をジロジロと見おって！　ワシの顔に何かついておるとでも!?」

「(何かついてるどころか硬い殻に覆われてんじゃねーか)」

普段ならそんなツッコミを入れているところだが、頭が混乱しているせいかアーロンは上手《うま》いこと口が動かず、もごもごと言葉にならない声を出すばかりだ。

「あ、いや、その、奥さんはどうした……？　今日は姿が見えねーみたいだが……」

「あぁ!?　アイツなら実家にキセイチュウだ！　それがどうかしたか!?」

「(キセイ……それはどっちの意味でだ？？？)」

ようやく口から出たのはそんな誤魔化すような台詞《せりふ》だった。

が、余計な情報が追加されてしまい、さらに混乱するハメになってしまうアーロン。

「いってぇーな！　天井が低くなったか!?」

「(……………うん、いつも通りのおやっさんだな！！！)」

そして部屋の奥に行くためにドアを潜《くぐ》ろうとした鍛冶師（？）がドアの上枠にツノをぶつけたあたりで、アーロンは考えるのをやめた。

実際、アーロンから見ても鍛冶師（？）の態度はいつもと変わらないように見える。

いつも通り気難しくて口煩《くちうるさ》い、アーロンにしては珍しくちょっぴり苦手意識を持っている頑固オヤジのままだ。

ただ「ブゥゥン」とかいう珍妙な口癖が追加されていたり、妙に声がデカくなっていたり、そして頭部がカブトムシになっているだけで、それ以外はいつも通りである。

……彼に対するアーロンの苦手意識が激増したのは言うまでもない。

「【冒険者ギルド】へようこそ‼!」

さらに、虚無顔で工房を出て【冒険者ギルド】にやってきたアーロンは、そこにやたらと声がデカい、頭部が虫の職員の姿がいくつかあるのを見て、再び絶句した。

「おいおい、とうとうこの世の終わりがやってきたのか⁇?」

「安心してください、まだ世界は滅びてませんよ」

アーロンの疑問に苦笑いで答えたのは、冒険者のダンジョン入場記録を取っているベテランの受付嬢だった。

「いや、あいつら【武士《ムシ》】とかいうヤツらじゃねーか！　なんでギルドで職員なんかやってんだよ！」

「……やはりアーロンさんも知っておられましたか。いえ、我々も上位の冒険者の方々から報告は受けていたのですが、まさか実在するとは思ってもみなくてですね……」

聞けば、彼（?）らはある日突然冒険者パーティに紛れてダンジョンの中から出てきたらしい。

どうやら以前から外の世界に興味を持っていた【武士《ムシ》】がそこそこいたらしく、その中でも【雄々津国《オオツノクニ》】の鎖国が解かれた瞬間に国を飛び出した、行動力の塊みたいなのがさっそく野に放たれてしまったのだという。

いきなり新種のモンスターみたいな奴《やつ》らが現れたことで当然ながらギルド内は騒然となったが、幸いその場は彼（？）らが紛れていた冒険者パーティのリーダーが執り成して事なきを得たらしい。

また、【狂人】がもたらした【雄々津国《オオツノクニ》】の詳細なマップデータによって【雄々津国《オオツノクニ》】の存在が証明され、ダンジョン下層で活動する他の冒険者パーティからも、

『彼（？）らは少なくとも知的生命体であるようだ』

との証言が得られたこともあり、ひとまず彼（？）らは【ギルド】から『少なくともモンスターではない』と認められたのだ。

最終的にこの件は【冒険者ギルド】が彼（？）らを雇うことで決着。

一般人が暮らす場所に出られるよりは、【ギルド】内に押し止《とど》めておく方がまだマシだろう、という判断によるものである。

「やー、言っちゃ悪ィがよくあんなのを職員として受け入れる気になったな」

「その、アーロンさんの前でこんなことを言うのもなんですが……彼（？）らが紛れていたのは、アーロンさんが現在所属しておられるパーティでして……」

「あー……また大将の仕業かー……」

アーロンの脳裏に、善意で【武士《ムシ》】は無害だと主張する【狂人】と、それを見て『また

こいつか』と頭を抱えるギルド職員の姿がありありと浮かんだ。

まあ『モンスター絶対拷問して殺すマン』として有名な【狂人】が【武士《ムシ》】を人間扱いしたことでその場の混乱は収まっただろうが、ギルドの上層部は【武士《ムシ》】の扱いをどうするかさぞ判断に困っただろう、とアーロンは彼ら彼女らの苦労を心の中で労《ねぎら》った。

「(んー……まっ、そういうことなら納得か。相変わらず大将が関わると事態が斜め上にカッとんでいくな)」

【狂人】が関わっていると知り「なんだいつものことか」と謎の安心感を得たアーロンは、用事を済ませてギルドから帰る頃には「カルロスたちが帰ってきたら、このことを教えて反応を楽しむか」とすっかりいつもの調子を取り戻していた。

「(…………………ん?　それはそれとして、おやっさんの頭がカブトムシになってたのはなんだったんだ???)」

そうして、就寝時間になってベッドに潜ったあたりで、顔馴染《かおなじ》みの鍛冶師の頭がカブトムシになっていた理由が謎のままであることに気づいてしまい、その日アーロンは一睡もできなかったのだった……。

あとがき

まずは拙作を購入していただき、誠にありがとうございます。

こうして第二巻が書籍化できたのも、関係者の皆様、イラストレーターの灯《あかし》様、そして読者の皆様のお陰でございます。

今回はあとがきが2ページもあるとのことでしたので、何を書いたものかと悩みました。せっかくですので、需要はないかもしれませんが、拙作の裏設定をいくつか公開してみようと思います。

以下の設定は、あまり本編と関係ないので文字数節約のために削除した設定であり、おそらく今後も本編に出すことはありませんので、没ネタの供養のようなものと思っていただければ。

・【ミニアスケイジ】の建造物に使われている鉱石はダンジョン産
・そのため、【ミニアスケイジ】の建物にはこの都市独自の技術が使われている
・勇者の時代には様々な種族が存在していたが、現在は人間（と武士《ムシ》）しか存在しない
・モニカとアーロンには、いわゆる『エルフ』に該当する種族の血が流れている
・【ノーム畑】は、かつて【ノームクイーン】と呼ばれていた

・【ノーム畑】は、かつて【アントクイーン】との勢力争いに敗れて中層へ追いやられた
・そこからさらに【フェアリークイーン】にも敗れ、【呼び声】の力を奪われた
・【フェアリークイーン】も【ヤドリギのざわめき】という【呼び声】を使える
・【アヘ声】の没データに残っており、効果は【敵全体のHP・MP吸収】を使える
・ただしこの【呼び声】の力は、花園を維持するために『世界樹』へと譲渡されている
・【呼び声】の力が花園全域に行き渡るように魔術が張り巡らされていた
・なお、それら全て【火炎ビン】で灰になった模様
・【フェアリークイーン】を養分にしたルカに【呼び声】が継承される危険があった
・ハルベルトは【アヘ声】の没データまでは把握してなかったので、かなり危なかった
・実際は【呼び声】の力が『世界樹』に譲渡されていたので、継承されることはなかった

と、まあこんな感じです。
【フェアリークイーン】は二度と登場しませんので、これらの設定を使う機会はなさそうですね。

それでは、最後に改めてお礼申し上げます。
関係者の皆様、灯様、読者の皆様、本当にありがとうございました。

OVERLAP

迷宮狂走曲 2
～エロゲ世界なのにエロそっちのけでひたすら最強を目指すモブ転生者～

発　行　2024年3月25日　初版第一刷発行

著　者　宮迫宗一郎
発行者　永田勝治
発行所　株式会社オーバーラップ
〒141-0031　東京都品川区西五反田8-1-5
校正・DTP　株式会社鷗来堂
印刷・製本　大日本印刷株式会社

Printed in Japan　ISBN 978-4-8240-0759-9 C0193

第12回 オーバーラップ文庫大賞
原稿募集中!
イラスト:じゃいあん
【締め切り】
第1ターン 2024年6月末日
第2ターン 2024年12月末日
各ターンの締め切り後4ヶ月以内に佳作を発表。通期で佳作に選出された作品の中から、「大賞」、「金賞」、「銀賞」を選出します。
その物語は、
きっと誰かが
好きな物語。
【賞金】
大賞…300万円
(3巻刊行確約+コミカライズ確約)
金賞……100万円
(3巻刊行確約)
銀賞………30万円
(2巻刊行確約)
佳作………10万円
投稿はオンラインで! 結果も評価シートもサイトをチェック!
https://over-lap.co.jp/bunko/award/
〈オーバーラップ文庫大賞オンライン〉
※最新情報および応募詳細については上記サイトをご覧ください。
※紙での応募受付は行っておりません。